Lino García Morales

Punto Final

Edición e impresión por BoD – Books on Demand
info@bod.com.es – www.bod.com.es
Impreso en Alemania – Printed in Germany

ISBN: 978-8-4132-6291-8

A Hugo, Héctor y Viki,
a Cintia, Joana, Sonia y Juanjo.

Cada recuerdo tiene su banda su sonora. La banda sonora de este libro es algo más imprecisa, borrosa, difusa, pero si quiere puede seguirla en Spotify a través de la URI o del código QR: spotify:playlist:2r1ko7Biuhv50e6iIfTo7i

Aún no es invierno

El arma del crimen no es aún el arma del crimen.

Luis Rogelio Nogueras

La sangre sobre la nieve es más roja. Pero aún no es invierno y el cielo es más azul y la yerba más verde. Lars habla con Olof que aún no es un asesino. Solo conversan de lo hermoso que ha sido el verano. Helga aún no es una víctima y juega sobre la yerba mientras Olof disfruta viéndola crecer. Lars aún no es un violador y contempla a Helga con inquietud. Dahl aún no está loca y llama a los hombres a comer y sonríe a su hija de apenas cuatro años. El hacha, a su lado, aún no es el arma del crimen. Olof la afiló ayer para cortar la leña. El verano se acaba. Solo saben que en el invierno volverán a encontrarse en este sitio verde donde la nieve aún no es blanca ni el cielo gris.

Barbados

El día 6 de Octubre de 1976, el avión de Cubana de Aviación CU-455 explotó en el aire con 73 pasajeros y cayó, como un enorme pájaro de fuego, en las aguas de Barbados. No hubo sobrevivientes. La causa: un atentado terrorista.

En la EIDE, la Escuela de Iniciación Deportiva Escolar, nadie imaginó lo peor. El equipo juvenil nacional de esgrima completo, femenino y masculino, con sus respectivos entrenadores, comisionados, federativos, etc., viajaba de regreso en el trayecto Christ Church-Habana: 24 deportistas, de los cuales 16 tenían una edad promedio de 20 años. La noticia paralizó el reloj a primera hora del día alterando cualquier predicado. Casi todos teníamos al menos un conocido en ese vuelo: un compañero de clases, de albergue, de matutino, de guagua. Eran muchos para no coincidir en algún momento o actividad, tantos, que ese día, en el preciso momento que recibimos la noticia, apenas fuimos capaces de reconstruir un rostro legible.

Nada podía ser tan terrible. Algo inimaginable aterrizó en nuestra memoria llevándose por delante cualquier fantasía adolescente e instalando una realidad tan monstruosa como perpetua; jamás soñada o leída. De golpe y porrazo la destrucción infinita fue posible; se hizo realidad.

La movilización fue inmediata. Se suspendieron los entrenamientos. Debíamos vestirnos de uniforme y acudir a la plaza de la Revolución en las mismas aspirinas, esos pequeños autobuses con nombre de playa de producción nacional, que nos trasladaban diariamente fuera del centro para entrenar.

Fuimos de los primeros en llegar y teníamos que ocupar un sitio de honor, por derecho propio, muy cerca del Comandante: en primera línea. Pero la gente brotaba por todas partes. En muy poco tiempo apenas se podía andar y, en menos de una hora, casi ni respirar. La conmoción parecía universal. El dolor y la rabia inundaron aquella enorme explanada frente a la tribuna de la Plaza de la Revolución y taponaron las calles de acceso. Era la concentración más grande de la que tuviera conciencia y no creo que alguna posterior le superara. El ambiente era muy extraño, tenso, pesado. Tenía la sensación de estar metido dentro de una enorme olla de presión que despedía amenazas en forma de vapor y ruido a punto de estallar.

Fidel Castro dio, ese día, sin duda, su discurso más conmovedor; que contó, incluso, con la reproducción de la cinta encontrada en la caja negra del avión. A tan solo ocho minutos del despegue, en la torre de control se escucha, a través de la radio del DC-8, el grito del capitán Wilfredo Pérez:

–¡Cuidado! –*Poco después se dirige a su copiloto:*–*Felo, fue una explosión en la cabina de pasajeros y hay fuego. Regresamos de inmediato; avisa a Seawell.*

–*Seawell; Seawell... CU-455-CU-455... Seawell. ¡Tenemos una explosión y estamos descendiendo inmediatamente, tenemos fuego a bordo!*

–¿*CU-455 regresará al campo?*

–*Seawell CU-455... pedimos inmediatamente, inmediatamente pista.*

–*Recibido.*

–*CU-455 autorizado a aterrizar.*

–¡*Cierren la puerta, cierren la puerta! CU-455. Tenemos emergencia total, continuamos escuchando, respondan.*

En los baños traseros tiene lugar una segunda explosión. Sin percatarse aún de la nueva complicación, el copiloto grita las que probablemente fueron sus últimas palabras.

–*¡Eso es peor, pégate al agua, Felo, pégate al agua!*

Luego el silencio.

El calor y el cansancio no consiguieron disolver aquella masa. Los especialistas de la cruz roja se movían con rapidez para trasladar a los desmayados; incluso, muy cerca de mí, una chica se orinó encima. Pero nadie se movió hasta el final. *¡Y cuando un pueblo enérgico y viril llora, la injusticia tiembla!* sentenció Fidel.

Ya por entonces corría el rumor de que nos íbamos. La infraestructura que soportaba el centro no era la adecuada. La escuela donde se impartían las clases era un vetusto edificio color rosa palo de capacidad muy limitada. La piscina no llegaba a los 15 metros de largo y se daba pie. Apenas había una cancha de tenis. Para remar o luchar era imprescindible salir fuera. Todo parecía hecho a escala. Pero lo cierto era que aquello solo era un club deportivo pequeño reconvertido en escuela; antiguas mansiones, expropiadas por el gobierno a sus ricos dueños que abandonaron el país en el 61, ejerciendo de albergues; las "tías", el personal que nos atendía, ex prostitutas reformadas en instructoras, cocineras, lavanderas, etc. Una mezcla un poco curiosa pero, a todas vistas, insostenible.

Por si fuera poco, muy cerca corría un río de aguas pestilentes: el Quibú, que suministraba mosquitos a destajo y tampoco había manera de controlar el acceso y los movimientos de los alumnos, por mucha vigilancia que intentaran. En definitiva, aquello era un barrio residencial y muy cerca había otras escuelas parecidas, casas particulares, calles de libre circulación de vehículos y peatones y hasta una tentación gastronómica encarnada en cafetería en la quinta avenida: el *Biltmore*. Todo muy americano, años 50, en unos 70 bien distintos; una extraña alucinación espacio-temporal.

Ante la imposibilidad de vallar todo el complejo y de controlar, sobre todo de garantizar la seguridad de los estudiantes, parecía claro que solo era cuestión de tiempo que aquel rumor se convirtiera en certeza y que, en poco tiempo, estaríamos de mudanza.

De la nueva escuela poco se sabía, al menos yo nunca supe nada; hasta el siguiente año de aquellos acontecimientos que, en lugar de incorporarnos en septiembre, como y donde siempre, fuimos, durante un mes, a trabajar en la terminación de las obras del nuevo macro complejo muy lejos de la Habana, por el Cotorro.

La micro escuela se convertía en la mayor de su tipo en América, con capacidad para más de 2000 alumnos-jóvenes-promesas-atletas y una concentración de instalaciones deportivas sin precedentes para casi todos los deportes: fútbol, béisbol, atletismo, ciclismo, baloncesto, voleibol, gimnasia, boxeo, lucha, pesas, natación, clavados, polo acuático, etc., etc., etc.; más dos edificios dormitorios, uno escuela, y otro largo etc., etc., etc.

Sin embargo, cuando llegamos allí, a finales de agosto, el "proyecto" no era más que un montón de agujeros en la tierra, bloques de hormigón por todas partes, grúas girando y alzando, camiones entrando y saliendo, y muchos, muchos obreros con cascos pululando por todas partes. Quedaba tanto por hacer que era imposible que "aquello" finalizase en un mes. Con razón nadie había sabido nada hasta entonces del misterioso proyecto.

Por muy inapropiada que fuese la actual infraestructura, "la nueva" tardaría, por lo menos, siendo optimistas, un año entero. Pero algún giro inesperado en alguna de las oficinas del Comité Central del Partido precipitó los acontecimientos. El mismísimo Fidel la inauguraría en octubre y se llamaría: "Mártires de Barbados".

El coste presupuestado de aquel proyecto era monumental; sin embargo, esa decisión, terminaría casi por triplicarlo. ¿Era razonable? Políticamente, me pregunto; porque, económicamente, estaba claro, era un auténtico disparate. No lo sé. Nunca he sabido medir la rentabilidad de esas decisiones grandilocuentes; solo he llegado a percibir las pérdidas de quiénes las sufren. Por alguna razón desconocida, a los ideólogos del partido les pareció un sacrificio necesario adelantar la obra en más de un año, asociarla a la tragedia, y darle la oportunidad al Comandante en jefe de "recordarla". ¿Un homenaje? No lo sé. Los monumentos ya no son simples estatuas de hierro fundido o mármol. Hasta entonces solo sabíamos que Barbados era una isla del Caribe; quizá como la de Robinson, pero dudo que mucha gente supiera algo más que eso. El número de habitantes, el idioma, la bandera o su grado de pertenencia a las Antillas mayores o menores, era solo contenido de catálogos lejanos y ajenos. Solo hasta entonces. Ahora iría grabado en el expediente de miles y miles de chicos y generaciones; como la firma de una catástrofe remota siempre latente.

En el momento del atentado yo tenía solo doce años y conocía, porque su familia era vecina y amiga de mis abuelos en Cojímar, a Manuel Permuy, el jefe de la delegación deportiva. Yo jugaba al béisbol con su hijo, en su casa, en un pequeño tablero verde olivo con un diminuto «bate» atado a un muelle. Probablemente tendríamos la misma edad, tampoco lo recuerdo, pero ellos eran mucho más altos. Manuel era enorme y eso facilitó la identificación de sus restos. Calzaba el zapato más grande que encontraron.

La piscina de clavados, el tanque de saltos, era un enorme hoyo amorfo en la tierra con el fondo muy húmedo y lleno de tubos inconexos; supongo que los necesarios para que la instalación funcionase en un futuro inmediato. Sin embargo, los días pasaban, la fecha de inauguración se acercaba y aquel enorme pozo, seguía tal cual. Cuando llovía se acumulaba agua en el fondo, apenas unos centímetros, que tardaba una semana en desaparecer pero, ni siquiera esa improvisada charca para ranas y mosquitos, tenía el menor atisbo de erigirse en una auténtica piscina de competición.

Apenas una semana antes de la inauguración, "la cosa" empezó a moverse. Un regimiento de obreros se concentró allí para darle forma. La llenaron de andamios, pusieron los encofrados y los rellenaron de hormigón en un par de días; cuando los retiraron el hexágono empezó a perfilarse. Sin embargo, en el fondo la marabunta de tuberías siguió intacta hasta que, un desfile espectacular de hormigoneras, empezó a verter concreto desde arriba. Un par de operarios acomodó la pasta y tras unas horas más de secado "rápido", llegó el equipo de pintura. Por fortuna para ellos el sol colaboró y, apenas pintado el fondo, de ese azul turquesa de piscina, llegaron los camiones cisternas con el agua. Seis operarios pintaron de abajo hacia arriba cada panel, mientras las bombas llenaron la piscina. Otro grupo dispuso unas losas enormes alrededor. Otros atornillaron inmediatamente los trampolines de salto y otros retocaron la plataforma de 10 metros. Ya todo estaba listo. Al final se cumplió la meta, el objetivo: la escuela quedaba "a punto" para ser inaugurada por el comandante.

Al día siguiente, exactamente un año después de la masacre, una gran comitiva, presidida por Él, paseó por todo el complejo antes de su gran discurso. En realidad le guiaron con sumo cuidado solo por aquellos lugares "presentables", el escenario del simulacro, pero Él asintió sin parar, orgulloso y satisfecho por la labor, señalando aquí y allá, comentando esto y lo otro.

En el tanque hexagonal de saltos todo transcurrió con normalidad. Los atletas cayeron como pájaros en el agua exaltada de reflejos fulgurantes. Solo pequeñas huellas azules en sus cuerpos delataron la improvisación al salir, pero nadie las vio o, al menos, eso pareció. Todo sucedió en la superficie plateada de aquel cubo gigante. En la profundidad, debajo del suelo, la verdad quedó sepultada en la oscuridad. Ese día nada, ni nadie, pudo impedirlo, la escuela quedó inaugurada, como estaba previsto, en homenaje a los "Mártires de Barbados".

La hoja del árbol que suena al caer

El chico se acerca al reproductor de sonido, busca con agilidad entre los CD apilados a su lado, extrae cuidadosamente *Before and After Science* de su caja, lo introduce, pulsa el botón *fordward* siete veces y luego *play*. La música de Brian Eno se desdobla lentamente hasta los primeros versos:

I am on an open sea
Just drifting as the hours go slowly by
Julie with her open blouse
Is gazing up into the empty sky.

Tres segundos después, aprieta indeciso la tecla *pause*. Mira por la amplia ventana de cristal buscando respuesta, pero al río le da exactamente lo mismo. A pesar de su fuerza gris natural, en la habitación, el silencio es absoluto. Definitivamente *Julie with…* no será la banda sonora. Cruza la habitación hasta un trípode que sostiene una videocámara digital, la mueve ligeramente con el ojo en el visor para asegurarse de la toma. El amplio sillón de balance blanco, una minimalista mesilla negra, el mueble rojo con el equipo de música, las pequeñas torres de CD y la amplia ventana de fondo entran en cuadro perfectamente. Coge el mando a distancia se sienta enfrente de la cámara y, sin más, pulsa *REC*.

–Si, efectivamente, yo soy un autor –comienza a hablar mientras se acerca a cámara–. Ha pasado tanto tiempo desde que empecé en esto que no podría precisar con exactitud cuándo; pero parece que fuera de toda la vida, como si hubiera nacido autor –«Las pausas vienen bien de vez en cuando», piensa. Parece que no sabe cómo seguir pero continúa con naturalidad–. Con el tiempo, he conseguido una forma muy personal de hacer arte; no es exclusiva, por supuesto; seguro que mucha gente, desde la inconsciencia, la ha experimentado; sin embargo, he conseguido perfeccionar la técnica hasta el punto de emborronar las fronteras de todas las manifestaciones artísticas. Como si las ocho musas, cine incluida, cooperaran coordinadamente para hacer posible mi meta-arte.

Sabe que se ha pasado tres pueblos pero no puede parar: una auto-limitación impuesta, una simple regla para su filmación dogma lo impide.

–Todo empezó un día mientras dormía –continua–. Unas formas iluminadas bellísimas bailaron en cámara lenta; tan lenta y suavemente que fui capaz de acariciarlas pasando inadvertido. Me desperté sobresaltado, cogí los pinceles e intenté pintar el último fotograma capturado en mi cabeza; pero no fui capaz: mi torpeza lo hizo imposible; de hecho, lo que produjeron mis manos fue más o menos una caricatura de mi sueño. Menuda decepción –«La peor cuando que te mientes ante la obviedad de la pura verdad», pensó. Nunca pintó bien y, por muy "iluminada" que fuese la visión, nada tenía porqué cambiar de repente. Coloca el diminuto mando de la cámara en la mesita negra–. Apenas unos minutos después lo perdí todo. Aquellas formas iluminadas se apagaron dejando una estela confusa. Lo mismo ocurrió con mi primera sinfonía. Justo cuando la orquesta ponía la nota final, no fui capaz de transcribirlo al pentagrama. El resultado fue solo una parodia ridícula de aquel sonido tan brillante.

Hace un larga pausa ante la vivencia de su frustración pero el *led* rojo de la cámara, que indica "grabando", sigue parpadeando y tiene que seguir.

–No obstante no me di por vencido y, en lugar de mejorar mi técnica con el pincel o atiborrar de símbolos el pentagrama, decidí perfeccionar la técnica del recuerdo. Todos los principios son difíciles pero, poco a poco –«a la concentración le cuesta desperezar», medita para sus adentros para coger impulso–, conseguí memorizar todos los detalles, por pequeños que fueran, de mis excursiones sensoriales y al final, conseguí organizar una gran base de datos donde almacenarlas (clasificadas cuidadosamente) con acceso directo a cualquier obra (o segmento incluso). Como un DJ, podía pinchar y mezclar cualquier combinación: películas, músicas, pinturas, fotografías, dibujos, esculturas (sí, 3D también); fundirlas o separarlas; borrar, editar, cortar y pegar. En definitiva pude controlar con precisión el gran metamedio de producción: mi cerebro.

Se pone de pie y pasea sin salirse del cuadro. La cámara solo registra los movimientos de su torso y parte de las piernas; como si lo hubiesen dividido en tres y solo quedase pululando la parte intermedia.

–Desde entonces –se sienta y se acerca aún más de medio lado, como si quisiese hablar con la oreja derecha–, puedo disfrutar de mi arte en cualquier momento. Incluso cuando hago otras cosas como viajar en metro, andar por la calle o leer (mucho más difícil, porque solo puedo escuchar a la vez; por lo que, si veo una película, por ejemplo, en realidad es como si solo oyese la banda sonora). Sí –y esta vez la pausa es contundente, conclusiva–, soy a la vez creador, protagonista y espectador en mi propia realidad virtual.

Se reincorpora y recoge el mando. Tiene la oportunidad de parar la grabación, pero aún no ha terminado. Vuelve al equipo de música, husmea el polvo de los CD con la vista, se agacha y mira con intensidad a la óptica para rematar.

–Nunca he expuesto. Quizá llegue el día en que la tecnología me ayude a extraer, de dentro de mí, todas las obras y producirlas, materializarlas; que la ciencia invente esa preciada función de impresión de la que carezco. Mientras tanto, solo yo puedo disfrutar de ellas y contar a los curiosos, más o menos con desgano, debido a la considerable falta de precisión, de qué tratan. Si alguien duda de la legitimidad de mi obra, se equivoca. Una hoja de un árbol suena al caer, haya o no alguien para escucharlo.

La nochebuena

–¿Sabes por cuánto no podemos llegar a Madrid por Nochebuena? –preguntó retóricamente María–. Por esto –se respondió ella misma, mientras hacía un fugaz chasquido con los dedos que daba una medida infinitesimal de brevedad con una precisión increíble… y así fue. Llegamos a la agencia de viajes y había una fila tremenda y María vaticinó que nos quedaríamos fuera y tuvo razón: cuando por fin nos llegó el turno, la expendedora de pasajes tuvo a bien confirmarlo con una breve sonrisa: –El último vuelo a Madrid de Nochebuena se lo llevó justo la persona que teníais delante –Y lo dijo como si se tratase del único décimo de la primitiva que llevara el gordo y me cabreé y estuve a punto de decirle que todo eso de la Nochebuena no era más que una patraña publicitaria, comercial, capitalista y consumista y que el niño Jesús ni siquiera nació ese día porque en "realidad" nació un 25 de diciembre del calendario Juliano y no del Gregoriano, con varios años de diferencia, entre 4 y 8 (menudo rigor), y que, ya puestos, ni siquiera había nacido, porque ¿cómo iba a tener Dios un hijo? ¿Con quién? ¡Cómo! Había que estar bien sobrado de fe para que el pobre José encajara lo de putativo.

En fin… que iba a decirle eso y mucho más, pero luego pensé que no era más que una cara bonita con una mueca de sonrisa detrás de una mesa emitiendo billetes poco delicada, eso sí, y que lo único que conseguiría sería una buena bronca con María por mis modales y preferí ahorrarme cualquier comentario y sonreí y le dije con un gesto, por el que no me libré de recibir un chaparrón de reproches: –¿Qué se le va a hacer? Así es la suerte: loca, y si puede… no toca.

Ángela y Marcos la escucharon desde el sofá con una especie de mirada de "consolación", que a ella pareció animarle; algo así como el efecto que tiene el abono en una pequeña planta vilipendiada. Y yo pensé que ese día, el "verdadero" quiero decir, no el del "falso nacimiento", ocurrieron algunas cosas más o menos afortunadas, pero sin duda importantes, de las que nadie se acuerda por lo ocupado que está en intentar viajar y llegar pronto y comprar un montón de regalos para cantar villancicos ñoños arreando la zampoña con una "familia" de la que tienes noticia visual solo ese día del año.

La muerte de Vasco da Gama, por ejemplo, ya sé que es más importante para los portugueses que para los españoles, pero demostró que, en lugar de ir a caballo o en elefante hasta la India, se puede coger un barco, darle la vuelta entera a África y hacer lo mismo. No es que se ganase mucho, pero si solo tenías eso, era otra opción con vistas a todo un indómito continente. Ese mismo día se fundó en Tennessee el Ku Klux Klan. Los contemporáneos de da Gama dispusieron de los negros como esclavos, amparados quizá en el "derecho de descubrimiento" y, por eso, fueron repartiéndolos, durante siglos, por los campos de algodón americanos y por todo el resto de américa, donde había trabajo duro impropio de conquistadores; pero los del KKK se hartaron y, por algún peregrino "derecho de supremacía racial", determinaron su exterminación definitiva. Así que se apropiaron del capirote (¿tendrá algo que ver esto con lo de "tonto de capirote"?: "de alquiler y casi oficial", según Unamuno) y salieron a ejercer su derecho con todo tipo de abusos: quema en hogueras, violaciones, asesinatos, palizas, vejaciones y un intenso etcétera, que sigue aún camuflado y latente por todo el territorio Yanqui. El Papa no soltó el oro, pero al menos pidió perdón, en nombre de la Iglesia, "por los genocidios y crímenes cometidos contra la humanidad". ¿Quién lo iba a imaginar? No es que sea demasiado, pero los del KKK jamás lo harán porque, parafraseando a Einstein, solo hay dos infinitos: Dios y la estupidez; y del primero él no estaba muy seguro, ni yo tampoco. A los negros, históricamente, les obligaron a ser inferiores (todavía hay mucho desinformado, analfabeto, inculto, ignorante, iletrado, lego, profano, … que lo cree). Al menos éstas dos efemérides me hacen pensar que la injusticia debería hacernos reflexionar mucho más que empujarnos a los grandes almacenes y llenar el salón con belenes y ponernos un poco babosos.

–Creo que puedo ayudarles –interrumpió Marcos mis reflexiones dejando fuera el nacimiento de Joule y Juan Ramón Jiménez y la última actuación de Caruso–, os parecerá extraño pero tampoco tenéis nada que perder.

María anotó el teléfono que Marcos extrajo de su *Smartphone* en un *post-it* y, después de una larga cena, cuando quedamos solos llamó; a pesar de que le parecía muy tarde e inoportuno. El hombre que atendió al teléfono fue directo al grano: debíamos presentarnos el día antes de Nochebuena en el aeropuerto y preguntar por Nino. Él haría el resto. ¿Sin más? Sin más. María me recriminó mi escepticismo y yo su ingenuidad pero lo hicimos. Nos presentamos como habíamos quedado y el tal Nino nos condujo andando hasta un enorme DC-10.

–¡Qué suerte! Muchas gracias Nino –se apresuró a agradecerle María, pero él le indicó, con suma amabilidad, que no subiera las escalerillas (con lo grande que son, no se a qué viene lo del diminutivo), sino que se dirigiera hacia la parte posterior. Allí estaba nuestro transporte: una pequeña embarcación de vela atada a la parte trasera del fuselaje del DC-10.

A pesar de mi reticencia, y de la resistencia de María, montamos en aquel cachivache y despegamos. Todo tal cuál lo previsto por Nino: sin frío, con un equilibrio simplemente impresionante, sin demasiado *confort* pero, sin duda, la forma más insólita de viajar que experimentaríamos nunca. Desde las nubes todo parece diferente. Es difícil explicar el cambio climático con tanto mar y aire limpio, y más aún la arrogancia humana. Desde esa posición de pájaro, todo atisbo de humanidad parece insignificante. No somos nada. Solo un punto en medio de una línea infinita que se extiende desde el pasado desconocido hacia el futuro incierto. En todo esta pensaba cuando explotó la primera turbina y la enorme aeronave se sacudió como un elefante para apartar una mosca molesta. El daño fue importante y pensé que estábamos muy jodidos. El motor siguió ardiendo hasta que paró y el enorme guía abandonó la trayectoria para precipitarse al océano. Cerré los ojos y nos abrazamos. Supongo que la muerte compartida es más llevadera que en solitario. Quizá dos minutos después, que parecieron horas, volví a abrirlos y allí estábamos. La delgada cuerda que nos unía al finado se partió y nuestro "bote" continuó su ruta; como si realmente aquella unión fuese solo una excusa o un especia de cohete lanzadera.

Abajo en el agua podía verse la tragedia. El avión se partió en dos. Todo era fuego, agua, humo y vapor. Podía oír los gritos de la catástrofe, pero debía ser solo una alucinación; teniendo en cuenta la altura y circunstancias. Quise bajar y ayudar, pero no era posible. La diferencia entre querer y poder se antojaba, como tantas veces, insalvable. Éramos solo dos pasajeros en pleno "Día-malo" subidos a un extraño vehículo auto-dirigido a la Nochebuena. Sin voluntad, sin opciones, sin una sensación sólida de realidad. Ante nosotros: la idílica inmensidad reconvertida en pesadilla en solo esto: *chass*, un chasquido tan corto de duración como largo de intensidad, el leve instante que nos separó de ocupar un asiento en la nave nodriza defenestrada.

Aterrizamos, si es que se puede llamar de esa manera, en medio de un parque deshabitado muy cerca de casa y no en Barajas, como quizá estaba previsto. Horas después pudimos ver la tragedia en la televisión narrada por los medios. Por surrealista que parezca, todo era mucho más dramático. Un enorme portaviones exhibía trozos de lo que pudo ser alas o parte del fuselaje, había algunas sillas con la tapicería inmutable, objetos impersonales aún inadaptados a su nuevo rol, restos… eso, simplemente restos… de vida y de muerte, desperdigados sin orden ni concierto.

La familia, esa a la que vemos solo esa noche del año, empezó a llegar con paquetes de regalos envueltos con lazos rojos, botellas de vino y *champagne* de etiquetas doradas y cuellos estirados, bombones de envoltorios fulgurantes y toda clase de *delicatesen* y sucedáneos, pavos y mariscos, jamones y chorizos. Así eran las cosas. Poníamos la casa y el resto lo demás. Esta vez nuestro "regalo", si lo había, era la simple presencia; pero ellos no lo notaron.

Nadie nos preguntó en que vuelo llegamos, ni si comimos cacahuetes o pistachos durante el viaje. Nadie quiso saber más. Nos abrazaron por turnos y deseamos y nos desearon feliz navidad, como todos los años, mientras cavilaba qué tendrían que ver en esto Ángela y Marcos; el KKK, Vasco da Gama y los negros; Nino, su jefe y el falso naciente; la suerte y la justicia; y si era lo mismo, o no, viajar en barco o en elefante.

Cocina al minuto

Murió de una larga y penosa enfermedad, es solo un eufemismo que viene a decir que murió ardiendo directamente en el infierno. Cuando te pronosticaron cáncer de páncreas no eras consciente, ni por asomo, de que no llegarías a decir nunca más "feliz año nuevo" (si es que alguna vez dijiste eso en lugar de "feliz aniversario de la Revolución"). Después de una "exitosa", "abusiva" e "interminable" carrera política, que comenzaste en la Habana y que continuaste en Miami, como tantas otras "carreras" (aunque no tan sui géneris como la tuya), al fin (no ¡al fin!, sino al final; aunque muchos seguramente prefieran el primer matiz) tu vida llega al ocaso. Es simplemente una diabólica broma del destino que a un hombre atleta como tú: de fondo, guerrillero, incansable (por decir algo que cause pena suficiente) le depare semejante destino; si es que existe y haya alguien por ahí repartiéndolo (por lo que sé, siempre injusto y arbitrario).

Seguro te pasó por la cabeza quitarte la vida, adelantar los "acontecimientos". Nada ser peor para ti que apagarte, enchufado a máquinas y drogas, desvaneciendo como una incómoda película sin interés que ha desvelado su fin antes de tiempo. O quizá hacer todo aquello que quisiste y nunca te atreviste pero… ¿qué?: ¿gastar dinero? ¿probar más vicios? ¿buscar el perdón de todos tus damnificados? (los muertos de "tu" felicidad) ¿volverte bueno?

Para eso ya has tenido tiempo, más que suficiente, completamente desaprovechado; al menos ahora no dispones de semejante lujo. ¿Escribir una novela autobiográfica? como *Antes que anochezca*; probablemente no llegues ni a un relato (en cualquier caso, para ti Reinaldo Arenas nunca existió y a tu cuento, sin dudas, le va mejor el título *Antes que amanezca*) y lo más importante ¿qué vas a contar? ¿qué más has hecho en tu vida aparte de acumular poder pésele a quien le pese?, aparte de ser un auténtico cabrón, un cínico de manual, un "donde dije digo, digo Diego", un superhombre por encima del bien y el mal, lo más parecido al concepto Dios. Además… ya muchos han escritos biografías para ti (y las que faltan). Es una putada tener que elegir entre tan pocas opciones y con tanta presión, pero lo cierto es que ni siquiera tienes huevos para quitarte de en medio; para encender el coche en el garaje y esperar a envenenarte con el monóxido de carbono, o cortarte las venas en la bañera (eso sí, con agua calentita) y esperar a desangrarte o dispararte en la sien (has comprado un revolver calibre 33 hace poco para tu seguridad ¿qué ironía?) y esperar a que la masa encefálica ponga todo el cabecero de tu cama perdido o tirarte de un rascacielos (tienes tu apartamento en uno de los mejores; a una altura más que suficiente) y esperar a encontrarte con el suelo; simplemente… no tienes valor para esperar; para asumir el tiempo con dignidad. Y es que, pensándolo bien, lo tienes fácil; aunque resulte casi imposible reconocerte; cualquiera que lo consiga, sin demasiados escrúpulos, se prestaría voluntario para borrarte del mapa, de la historia, del tiempo (algo titánico teniendo en cuenta tu mote: mancha de plátano).

¿Por qué a alguien no se le habrá ocurrido montar una empresa de asesinato exprés? (pero bien montada, con sumo cuidado del anonimato, la imparcialidad y la profesionalidad).

–Muerte al Minuto, dígame.

–Hola. Mire… llamo para un encargo… quisiera morir desprevenido, rápido, sin dolor.

–¿De qué tiempo estamos hablando?

–Pues, un mes… un mes como mucho.

–Bien, para esa fecha tenemos algún hueco libre y… dónde desea…

–No, no, no, no, no. No quiero saber dónde ni cuando. Yo les mando una foto, mis datos, itinerarios, rutinas –saltándote completamente el protocolo de seguridad– y ustedes tienen que elegir el momento apropiado. El que me coja más desprevenido. Que no me entere… supongo que es posible ¿no?

–Si señor, dígame su dirección y le enviamos un catálogo con los distintos servicios, formas de pago, etc.

–¿Por adelantado? –A estos cabrones capitalistas lo único que les importa es el dólar.

–Claro señor, es obvio que el pago tiene que hacerse por adelantado una vez que haya elegido la opción más interesante para usted, así como plazos, seguros, reclamaciones…

–¿Cómo que reclamaciones? ¿Qué c… puede reclamar un muerto?

–Bueno, es la forma de ofrecerles ciertas garantías a la familia… por si algo sale mal.

–Pero no puede salir mal. Tiene que salir bien. Además yo no tengo familia… en el amplio sentido del término. Ni siquiera madre.

–Bueno señor, existe una probabilidad muy baja (de uno entre un millón) de que el trabajo no sea de la satisfacción del cliente.

–No, eso no es posible. Yo quiero 100% de garantía. Lo exijo.

–Claro señor, pero eso depende de la opción que usted elija. Ahora tenemos algunas ofertas infalibles y económicas: tiro a bocajarro mientras pasea por un parque, ahogamiento con paseo en yate incluido, explosión con bomba lapa en área no urbanizada, pero claro, si usted elige, por ejemplo, manipulación de coche para accidente mortal, no podemos garantizarle 100% que fallezca, entonces...

–¿Usted qué me aconseja?

–Pues que primero consulte el catálogo. Tenemos buenos precios y soluciones de todo tipo con 0% de dolor. Fíjese en la súper oferta de fin de año… vence el 1 de enero.

–Bien, gracias… lo pensaré.

Cero por cien de dolor es la clave, pero ese tipo de empresas no existe. Enciendes la tele y hay un programa que te encanta: *Cocina al Minuto*. Hasta Nitza y Margot se parecen: la blanca cocinera y la negra ayudanta (y eso que el comandante Papito Serguera, si… el mismo fiscal de aquellos "tribunales revolucionarios", se empeñó en que el actor Alden Knight, de piel muy oscura, hiciera el papel de D'Artagnan en los tres mosqueteros; quizá como parte de su ambicioso plan para desterrar la palabra intelectual), lo que hay que ver; aunque sea de lo último que veas. La verdad es que la receta tiene su gracia y te animas a cocinarla. Tienes todos los ingredientes, incluso el libro (en Miami es casi imposible que alguien no lo tenga; aunque sea en pdf… pirateado) y la verdad es fácil y rápida de hacer.

CROQUETAS DE PLÁTANO MADURO
Ingredientes
1 plátano muy maduro.
1/4 lb. de mantequilla Nela.
2 tazas de leche Cía. Lechera de 1 taza azúcar blanca Aspuru.
8 cdas. harina Pillsbury's Best.

3 huevos de La Dichosa.
1 cdta. de sal.
2 tazas de galleta molida.

Pele el plátano, ábralo a lo largo para quitarle el corazón y córtelo en trocitos como de una pulgada. Fría los pedacitos de plátano en aceite El Cocinero caliente.
Haga una salsa bechamel con la mantequilla, harina, sal y leche. Cuando esté espesa, añádale el azúcar.
En una fuente o plato llano ponga la mitad de la crema, coloque sobre ella los plátanos fritos y cúbralos con el resto de la crema. Déjelo enfriar completamente. Córtelo en cuadritos de manera que en el centro de cada uno quede un pedazo de plátano. Páselos dos veces por huevo y galleta y fríalos en aceite El Cocinero caliente hasta que estén doraditos (375°F.).

Incluso la puedes acompañar de un buen café expreso, como te gusta, a pesar de que ya has tomado otros dos y que, según los del departamento de Epidemiología de la Universidad de Harvard, tanta cafeína puede duplicar o triplicar las probabilidades de contraer cáncer en el páncreas pero que más te da… ya lo tienes.

Terminas de cocinar… solo te queda esperar un poco pero no sabes, la paciencia no es lo tuyo, coges la sartén para quitarla del fuego y mira por donde… no te has dado cuenta que has tirado al suelo la cáscara de plátano y resbalas. El aceite ardiendo te cae en la cara. Te rompes la cadera y la base del cráneo. El fuego se apaga y sale gas. Te entra pánico, pero no puedes mover ni un solo músculo, ni siquiera para gritar de dolor. No te queda otro remedio que esperar a ver qué causa te mata primero.

Lo peor es que nadie sabe que existes. Todo el mundo te supone aislado en una cámara hiperbárica, en una burbuja. Por eso te celebraron un homenaje con honores en la Habana (un funeral encubierto), hace ya cinco años, justo el tiempo que llevas instalado en Miami con otra identidad y aspecto. Era el lugar más seguro para quitarte del medio ¿verdad?; donde a nadie se le ocurriría jamás buscarte. Tu secreto sigue a salvo porque los generales que te ayudaron: desparecieron; así que nadie te echará de menos. Quién te lo iba a decir comandante mancha de plátano que ibas a hacer honor a tu apodo. Hace apenas media hora estabas desesperado buscando que alguien te borrara del mapa para escribirte en la historia y al final lo has hecho tu solito, sin querer, con una inofensiva cáscara de fruta (como el indio Hatuey cuando cayó en la hoguera). Ser, o no ser, son solo estados donde el infinito cambia de signo. Adiós eterno jefe intransigente que gobernó Cuba mientras estaban de moda Los Van Van. Adiós rosca izquierda (ya no parecerá más que aflojas cuando aprietas). Ya no más Patria o Muerte. Se acabaron las opciones. Hasta la victoria siempre. *Bye*.

El improvisador

–Buenos días queridos y queridas radio oyentes. Hoy en nuestra sección "La cuarta musa" vamos a tratar un tema cada vez más controvertido: la improvisación. La primera pregunta que me surge es: ¿es un escritor, un compositor? Y para intentar aclarar esta y otras cuestiones tenemos un invitado especial en el programa: al polifacético artista Gómez. Buenos días Gómez.

–Muy buenas.

–Sin más dilación ¿qué puede decirnos usted sobre esto?

–Bueno… el compositor junta, con determinado criterio, los elementos que constituyen su material de trabajo. Si de música se trata, este átomo elemental, el ladrillo, es la *nota*. El compositor las coloca una detrás de otras, una encima de otras y compone y crea *frases*, *partes* y *movimientos* y así sucesivamente hasta ocupar una cantidad suficiente de *tiempo*.

–¿Suficiente?

–Sí, hasta que considere oportuno. Para el escritor, sin embargo, la nota es la *palabra*. Solo debe colocar una detrás de otra para formar *oraciones* que divide con signos de puntuación y así, hasta que haya volcado satisfactoriamente la idea que tenía en su cabeza ocupando una cantidad de *espacio* razonable.

–¿Razonable?

–Los dos parten de una idea y la trasmiten mediante unos *signos*, ya sean gramaticales o grafías musicales. La escritura acaba aquí, en un documento o libro que cada lector interpretará a su manera. En la música, sin embargo, entre el *oyente* y el *compositor* hay una figura más, como mínimo, un intermediario: el *músico*. Y digo como mínimo porque pueden ser mucho más que uno; e incluso tener un director que les oriente con una varita. Estos agentes constituyen el vehículo de transporte entre el sistema de notación musical y el sistema perceptual auditivo de cada oyente.

–¡Interesante! En la música, por lo tanto, existe, además del oyente, otras dos figuras, tradicionalmente ligadas a través del pentagrama: el *compositor* y el *músico*. Pero esto es solo "tradicionalmente", porque qué ocurre si el propio músico es, a la vez, compositor. Incluso qué ocurre, si en lugar de *escribir* primero la música y luego interpretarla, la toca directamente en su instrumento; incluso en compañía de otros músicos.

–Pues que, en lugar de compositor, es un *improvisador*. El improvisador debe generar la música según le viene a la cabeza y, por lo tanto, necesita un instrumento y, a diferencia del compositor, puede hacerlo con colaboración y no únicamente solo. Entonces, el conjunto, sería el improvisador.

–Como si en una orquesta entera cada uno tocase lo que quisiera.

–Pero no es así porque, cada uno no toca lo que quiere, sino lo que cree que quedaría bien con lo que hacen los demás. Trabaja más para los demás, que para sí mismo. Todos escuchan o, al menos, deben *escuchar* y *predecir* para que funcione. Los resultados de ambas actividades, ya sea componer o improvisar, pueden ser similares pero la primera es una práctica autógrafa mientras la segunda es alógrafa.

–¿Alógrafa?

–Una composición se puede re-interpretar todas las veces que se quiera: ahora y en el próximo siglo; mientras que una improvisación muere en cuanto se extingue el último sonido. La primera mira hacia la eternidad mientras que el interés de la segunda, más que el resultado final, es el *proceso*. Inmortalidad versus inmediatez. Lo imperecedero ante lo efímero.

–¡Qué interesante Sr. Gómez! Pero la cosa no parece tan simple porque, si se graba una improvisación, en una cinta, por ejemplo, entonces se puede escuchar también infinidad de veces. Incluso, en varios lugares simultáneamente. ¿Es la grabación una especie de notación?

–Por supuesto que no.

–Sin embargo… cambia completamente la forma de apreciación de la música.

–Así es y de hecho todo se complica más cuando hay músicos que solo saben tocar lo que leen de un pentagrama y no se les puede pedir que improvisen.

–Probablemente debido a su *educación* musical, ¿no?

–Efectivamente… y músicos que no saben *leer*, aunque son capaces de pasar horas improvisando.

–En la escritura ¿esto sería equivalente a escribir sin parar y, una vez finalizado, borrarlo todo para que no quede huella?

–Así es, pero no sería factible porque según escribe es poco probable que alguien lo lea. No digo imposible porque si lo hace en un ordenador y proyecta simultáneamente lo que escribe en una pared, con un auditorio lleno de gente, sí que podría ser, pero sería todo mucho más experimental y quien lo haga, quizá, un escritor de vanguardia. Así que lo más parecido estaría más cerca de, en lugar de borrar lo escrito, dejarlo tal y como está, sin ningún retoque o pasada.

–¿Es esto improvisar?

—No en el sentido musical, desde luego, y no como una práctica alógrafa, pero tampoco lo es escuchar improvisaciones grabadas en cinta así que… dejémoslo así.

—Y ahora vamos a aprovechar esta pequeña pausa para dejarles con una extraña composición del Grupo de Experimentación Sonora del ICAIC rescatada de nuestros archivos. Algo difícil de encajar entre la composición y la improvisación. Se trata del tema *Danzaria* firmado por Rogelio Martínez y Anselmo Febles.

Mientras suena la música P. se despereza, descuelga el auricular del teléfono y marca un número con torpeza.

—¿Te he despertado?

—¡Qué va! Estoy oyendo un programa en Radio Ciudad de la Habana de…

—Por eso te llamaba, yo también, era para que lo pusieras.

—Bueno, luego hablamos.

—Ok.

—Después de este curioso paréntesis musical seguimos en nuestra conversación con el artista Gómez. Para los oyentes que se incorporan hablamos de *composición* e *improvisación*, sus encuentros y diferencias y para ello devuelvo la palabra al experto.

—El ser humano es muy complejo y esto es parte del juego. Nada es blanco y negro. Porque también existe el músico que es compositor, el compositor que improvisa sin volver atrás, y algo mixto mezcla de secuencias predefinidas y azarosas. O, visto desde otro punto de vista, la diferencia entre ambos: compositor e improvisador, puede estar, probablemente, en la libertad que se deje al libre albedrío, al caos.

—Incluso hay compositores que utilizan nuevas grafías para introducir en un sistema el otro, caos dentro del orden, lo probabilístico en lo determinístico, la imprevisión dentro de un plan.

–Así es… independientemente del "ladrillo" de partida, o de su naturaleza: autógrafa o alógrafa, la tensión entre ambas *categorías* pulula por cualquier práctica artística y eso beneficia la expresividad.

La radio siguió sonando mientras pensaba en lo que decían. H. era ambas cosas, compositor e improvisador, y no era fácil discriminar cuándo se trataba de una cosa o de otra». Su instrumento preferido era el clarinete, pero se atrevía con todo. Tocaba a la perfección un buen número de instrumentos de viento, la percusión e incluso otros de cuerdas como el piano y la guitarra. Cuando llegaron los ordenadores lo aceptó como si tal, como "un instrumento más". La mayoría de herramientas, por no ser absoluto, estaban orientadas a la composición y no a la improvisación pero eso no supuso un problema para él. Aún cuando partiera de escribir una secuencia en notación pentagramada, H. se iba a la opción más primitiva del programa, donde aparecía toda la lista de las notas en códigos MIDI (¡en hexadecimal!) y las *humanizaba* a su antojo. –Es imposible que alguien pueda tocar tan perfecto. Por eso suena a máquina –decía–, en un acorde es imposible que todas las notas suenen al unísono. Lo normal es que algunas empiecen un poquito antes, unos milisegundos quizás, y otras después y que no estén perfectamente afinadas. Es la diferencia entre lo orgánico y lo geométrico. Lo que se escribe en el pentagrama es geométrico, exacto, máquina; mientras que lo que se toca es orgánico, impreciso, humano.

Lo curioso es que su música, independientemente de dónde proviniera, siempre sonaba *expresiva*. –La cosa no es poner un tropel de notas, sino solo las imprescindibles, "justo" donde van –y acentuaba la palabra *justo*– hasta que si agregas una nota sobra, o si quitas alguna falta.

El problema es, claro está, cómo determinar cuáles son las imprescindibles y colocarlas en ese lugar *justo*. Eso para H. era *natural*. Simplemente sonaba bien, sorprendía, arrastraba. Maestría, virtud, genio, intuición, eso era H. y por eso recibió, incluso, algunos premios (aunque esto realmente no le aportó gran cosa). Los premios no enseñan.

Ese día no había mucha gente en el auditorio. Llevábamos un programa, nunca mejor dicho, basado en el ordenador y en la improvisación. Parece contradictorio, pero no lo es. La función del ordenador era interpretar secuencias organizadas y la nuestra introducir desorden. Incluso cuando las secuencias sean siempre las mismas, el grado de desorden determina, y mucho, cada interpretación. Cada vez es diferente.

Más de un grupo utiliza esta técnica y graban un álbum entero, por ejemplo, con variaciones de la misma pieza (como *THRAK*, de King Crimson). Por alguna razón, el *leit motiv* les gusta lo suficiente como para observar los cambios que se producen a continuación. Un mismo punto de partida y muchos posibles desarrollos y finales. Esto es lo más parecido a la "teoría del caos" en la música. Una variación imperceptible de partida puede producir un final impredecible; claro está, dentro de cierto orden. Lo mismo que ocurre al lanzarnos en una tabla por una duna de arena. Aunque la colocásemos siempre en el mismo lugar y saliéramos a la misma velocidad llegaríamos a un destino diferente, impredecible. Y es que cuando decimos *mismo*, en realidad, hablamos de igualdad en un orden de precisión y no en términos absolutos.

Caos no es desorden simplemente, es un desorden ordenado. Cuesta creerlo, pero así es: todo ocurre dentro de los límites de la estabilidad. Una variación más en alguna *variable*, por pequeña que sea, y el *sistema* se vuelve inestable, irreversible. No tiene punto de retorno.

Esta es la sutil diferencia entre que los músicos de una orquesta toquen sin más lo que a cada uno le apetezca o lo hagan escuchando *al vecino*. La música es un fenómeno de retorno, de repetición, de memoria. Durante muchos años (se podría decir casi hasta el último siglo) toda la música que se compuso o improvisó tenía una fuerte tendencia de retorno a la tónica. Se parte de una nota y, por muy lejos o cerca que se vaya de esta, todo tiende a resolverse en la misma nota. Da igual que sea una octava arriba o abajo. La tónica manda. Cuanto más se tarde en volver, mayor la incertidumbre. ¿Todo eso se acabó? Desde el punto de vista musical sí. Los músicos, para no distinguir entre compositores e improvisadores, tienen absoluta libertad para volver o no, limitarse a las doce notas o no, seguir determinada secuencia de notas o no, combinar determinados sonidos o no, o una mezcla de todo esto. El oyente va más despacio. Todo lo que se aleje de estas convenciones básicamente se convierte en *ruido*. En algo ininteligible. Sino cómo se explica que la radio mayoritariamente emita veinticuatro horas de música absolutamente predecible, inexpresiva, poco original, sin ninguna otra gracia que la de satisfacer a la industria (cualquiera sea esa *satisfacción*) y retrasar, si cabe, la velocidad de adaptación del oyente a algo diferente.

Aquel día, el público era escaso pero *sintonizado*. Gente que iba a escuchar *aquello* conscientemente, ansiosa de sorpresa, por simple deleite. Exactamente igual que nosotros. Íbamos a disfrutar del experimento. Hacía muy poco había rescatado un bombardino de un cubo de basura. Estaba oscuro del óxido y los pistones apenas se movían pero en perfecto estado.

Un bombardino afinado en *Do* con, nada menos que, más de 200 años de antigüedad. Lo llevé a un lutier y lo dejó como nuevo. Solo había un problema, que no era tal para H.: yo no lo sabía tocar.

H. sí, utiliza el mismo sistema que la trompeta o el trombón de pistones, pero a él le parecía mucho más interesante que lo hiciera yo. –Será más original. Ya verás cómo le sacas algo con *swing* –Y este era el día. Había llegado el momento de experimentarlo. Hasta entonces había soplado por aquella boquilla hasta doler y solo había conseguido unos hermosos rugidos de elefante y sonidos más o menos estables. Pero, para H., todo iba bien.

Así que tocamos sin parar los tres, ordenador incluido, a veces con secuencias preconcebidas, otras con fragmentos improvisados. En determinado momento sentí la necesidad de coger el bombardino y… ¿tocar? Soplé de muchas maneras moviendo los dedos al azar. Más fuerte, más suave. Más rápido, más lento. Más tiempo incluso de lo que pensaba. H. se unió con su trompeta y los sonidos aserrados que emitía el sintetizador esclavizado al ordenador. Simplemente nos dejamos llevar.

Luego siguieron otras y otras piezas hasta que, finalmente, acabó la última. Cuando encendieron las luces pude ver cómo la sala se había llenado hasta los topes y todos aplaudían de pie. Saludamos, saludamos y saludamos… No paraban de pedirnos otra que, por supuesto, no teníamos, pero tampoco resultaba un problema. Finalmente nos sentamos, clarinete y contrabajo en mano, pero H. me susurró al oído: –Coge el bombardino –Y, todavía no sé por qué, accedí sin más. Lo más sensato que se me ocurrió fue dar notas largas y suaves; las que fuera que salían según tuviera colocado los dedos. H. se movía armónica y suavemente alrededor. En algún momento cerré los ojos y todo parecía orgánico; como si las notas que brotaban del Bombardino no fueran incontroladas sino ordenadas cuidadosamente.

Puede que H. consiguiera ese efecto pero lo cierto es que la naturalidad con que fluían sus melodías y cómo se mezclaban con mis redondas con puntillo parecía pre-concebida. Finalmente dejamos que el sonido se apagara y volvieron los aplausos aún más fuertes. Saludé y me largué con prisa. Ya no era posible otro *bis*, al menos para mí.

Cuando vi a H. no pude más que abrazarlo. Ambos sabíamos que había pasado algo maravilloso imposible de explicar y disfrutamos de esa comunión en un simple apretón. Son raros los días que se produce esa magia. Algunos piensan que se debe al pasado; a todo lo reciente relacionado con el momento. Pero ese día no ocurrió nada digno de recordar antes de aquel concierto. Solo el inicio del día.

Abrí los ojos. Llamé a H. a su habitación. Lo desperté. Nos fuimos a almorzar por lo tarde que era. Caminamos un rato por la costa. Me contó la terrible pesadilla que había tenido donde morían sus padres. Lo que le costó conciliar de nuevo el sueño y poco más… que le había despertado. Me contó también qué le gustaría ser, cómo querría ver su futuro. Quería vivir como un ermitaño, aislado, en contacto directo con la naturaleza y seguir haciendo música a distancia. Ya veríamos cómo.

Aquel paisaje incluso, de no ser por el enorme despliegue inmobiliario de la costa, le parecía un buen candidato para sus preferencias futuras. Pero del presente, del ahora, no hablamos nada, solo de ir a preparar el escenario con nuestros instrumentos, conexiones, etc. para que nada pudiera fallar. Ni siquiera hicimos prueba de sonido. Tocamos un fragmento de una pieza donde se utilizaban el máximo número de *canales* de la consola que, dicho sea de paso, no llegaba ni a un cuarto del total y nada más.

Después del concierto mucha gente se acercó para felicitarnos, no solo del público, sino también otros músicos de los que yo había quedado completamente fascinado en sus interpretaciones días atrás. Lo más curioso es que la mayoría de las felicitaciones, por no ser absoluto, eran dedicadas a los pasajes del bombardino.

–Un escritor es un compositor. El compositor junta, con determinado criterio, los elementos que constituyen su material de trabajo. El improvisador también pero en "tiempo real", sobre la marcha. Para diferenciarle le llamaría simplemente: *autor*.

–Pero ¿y si escribe según las frases salen de su cabeza; de manera automática? ¿Si se conforma con la primera toma? ¿Si no hay vuelta atrás? ¿Es un improvisador? Ahí dejamos la pregunta. Muchas gracias queridos amigos por acompañarnos en este apasionado viaje. Muchas gracias Gómez por su compañía y sus valiosos comentarios.

–Gracias a usted por invitarme.

–Sin más nos despedimos y le dejamos con un curioso grupo capitalino formado por dos curiosas iniciales H. y P. ¡Que lo disfruten!

Pensaba viajar a Atenas

Ángela se despertó en mitad de la noche empapada de sudor. Se sentó en la cama y un frío desconocido le invadió progresivamente hasta paralizarla. Soñó que Marcos le había llamado para pedirle que le acompañara a una cita médica rutinaria. –Todo está bien, solo es una revisión periódica –le había dicho. Y ella accedió y fueron juntos y se tomaron un helado por el camino y charlaron sobre qué hacer en las vacaciones. En el hospital tampoco tardaron tanto en atenderles. El doctor vino a por Marcos. Ángela se puso de pie para acompañarle dentro de la consulta, pero éste la obligó a quedarse donde estaba: –Espérele aquí por favor. Será solo cuestión de un momento –le dijo. –Para ser un momento… ¿en qué unidades cuenta este señor los momentos? –protestó Ángela cuando Marcos regresó, pero él estaba muy cansado, tanto que no la oyó y se desplomó en el asiento de al lado. –Vámonos de aquí por favor, rápido –fue todo lo que dijo. Ángela tenía preparada una instintiva invasión de preguntas del estilo: –¿Qué te ha dicho?, ¿por qué estás tan pálido?, ¿alguna novedad? –pero se limitó a obedecerle. Tiró su pálido brazo por encima de sus hombros y salieron de allí en silencio.

Se sentaron en el primer lugar que encontraron tranquilo y Marcos rompió a llorar. –Ya llegó Ángela. Ha despertado el puñetero virus. Estoy enfermo. Me voy a morir –soltó entre lágrimas y desesperación. Ángela lloró junto con él, presa del medio. Nunca antes había contemplado tan de cerca la diferencia entre la vida y la muerte y lo poco que costaba trasvasar la barrera. La poca distancia entre el antes y el después. La fragilidad del ahora.

No pudo dormir más. Se fue a la ducha y no escatimó agua. Quería lavar bien aquella pesadilla. Dejar que el agua ardiente la arrastrara hacia algún lugar bien lejos, oscuro y profundo de su inmaculada bañera esmaltada. Cambiar esa piel helada por otra más humana. Tomó café y esperó pacientemente a que fuera una hora prudente para llamar a Marcos.

–¿Marcos? Buenos días, soy yo Ángela. ¿Te he despertado?

–Hola Ángela. Claro que me has despertado. Son las seis de la mañana.

–Perdona, perdona. Te llamo luego.

–No, ya me has despertado. ¿Pasa algo?

–No, solo quería saber de ti. ¿Estás bien?

–Claro que estoy bien. ¿Por qué iba a estar mal, tontica?

–Me alegro. Perdona que te haya despertado es que…

–Si en el fondo está bien que lo hayas hecho… en realidad había puesto el despertador para las seis y media porque a las ocho tengo cita en el médico y quería… ya sabes, asearme, desayunar tranquilamente… oye ¿podrías acompañarme?

–Claro que sí. Puedo llegar más tarde a la redacción… Si, si, sin problemas. ¿Pasa algo?

–Que no tonta, solo es una cita rutinaria –y recordó que la palabra "rutinaria" había sido mencionada en su sueño y le entró pánico–. ¿Estás ahí?

–Perdona. Sí, estoy aquí. ¿Dónde sino?

–Es que te habías quedado muda. Bueno nos vemos luego. ¿Quedamos en el parque debajo de casa a las 7:30? Así puedo sacar a los perros antes.

–Vale. Un beso.

–Besitos.

A las 7:15, Ángela se plantó como un árbol por donde debía llegar Marcos. Tuvo tiempo de pasear un rato con él; el suficiente para que su hermoso galgo husmeara por aquí y por allá e hiciera sus necesidades. Luego salieron hacia el hospital andando y pararon a tomarse un helado. «¿Un helado?».

–¿Qué vas a hacer este verano? –preguntó Marcos.

–No sé. Pensaba viajar a Atenas.

–¡Qué bien! Yo aún no sé qué haré. Pensaba ir a Túnez, pero no sé. La verdad me encuentro un poco cansado y por allí la cosa está que arde… pero no pienso quedarme solo en Madrid.

–Podríamos ir juntos.

–Si. No es mala idea. ¿Cuándo fue la última vez que viajamos juntos a Atenas?

–¿El año pasado?

–Tienes razón… el año pasado. Tú es que vas mucho… ya lo sé… el griego.

Iban con tiempo, así que pudieron charlar tranquilamente y ponerse al día sobre las últimas veinticuatro horas. Llegaron, se orientaron hasta una pequeña salita vacía y enseguida salió un médico joven que se dirigió hacia ellos.

–¿Marcos?

–Buenos días.

Ángela se levantó para acompañarles pero el médico se lo impidió con brusquedad: –Espérele aquí por favor. Será solo cuestión de un momento –dijo. Quiso detenerlo, gritar, bailar en un solo pie, hacer algo que rompiera la secuencia de su pesadilla, pero no fue capaz. Aquel momento había llegado: la línea divisoria entre pasado y futuro, antes y después, vida y muerte; la fragilidad del ahora.

Interferencia

–Hola mi amor. ¿Qué haces?

–Acabo de acostarme… en la cama.

–Yo también estoy "en la cama"… desnuda.

–Ahora ya estamos iguales.

–*Oigo... Oigo… ¡Oigo!*

–Señora, está equivocada. Cuelgue por favor.

–*Cómo que equivocada. Cuelga tú chiquillo impertinente.*

–Déjala papi, déjala que goce ella también. Nunca hemos tenido a una abuela *voyeur*.

–*¿Boyera? Me has dicho…*

–Señora…

–A qué no sabes dónde tengo la punta de los dedos.

–Sí que lo sé. En un lugar muy tibio y húmedo. ¿Y yo?

–*Vaya porquerías. No respetan nada. Mete el dedo en el pulsador y cuelga cochina.*

–Tú... déjame pensar. Seguro que tus manos agarran una cosa gorda y ardiente. Apriétala.

–¡Vaya telepatía! Con la dos manos… y las muevo suavecito hacia arriba y hacia abajo… para que parezcan las paredes de tu vagina.

–*¿Es que a ustedes nadie les ha enseñado modales? Si fueran mis nietos... Si…*

–¿Sabes qué, papi? Esto se empieza a complicar porque el hoyo se ha dilatado tanto que los dedos no me hacen ni cosquillas. Voy a tener que sacar el juguete.

–*¿Un juguete?*

–Es una pena mi amor... que no puedo llenarlo con mi trabuco pero métetelo mejor por el culo. No sea que luego te aficiones.

–De eso nada. Ese agujero queda reservado solo para ti. No tengas miedo del juguete que, aunque tiene pilas nuevas, no puede competir con los orgasmos que… ay… ¡ay!… esto empieza a hacer efecto.

–*A ver si te coge la corriente marrana.*

–Yo también empiezo a tener calambrazos. Ahora mismo daría cualquier cosa por tenerte encima… a caballo.

–Estoy a caballo. Estoy encima. Abro las piernas todo lo que puedo y me hundo con fuerza. Ojalá pudiera meterme tus huevos por el culo. Estoy…

–Espera un poco… espera… los huevos, la mano, el brazo, ojalá pudiera meterme entero dentro de ti y mientras darte una mamada.

–*¡¿Cómo?!*

–Ya no puedo más. Ya no… ¡Ayyyyy! ¡Ohhhhhhh!

–¡Brrrrrrrrrrr!. ¡Ohh! ¡Ohh! ¡Ufffff!

–*Espero que no te hayas electrocutado cerda… Mira que hacer estas guarrerías por teléfono… Lo que hay que soportar... ¿Qué pasa? ¿Se han muerto los dos de repente con tanta indecencia? ¿Eh? ¿Se acabó la cuerda? ¡A ver si cuelgan de una puñetera vez!*

–¿Te ha gustado?

–Contigo hubiera sido mejor... pero no ha estado mal… y ¿a ti?

–He estado a punto de alcanzar el techo con el chorro de leche. He puesto todo perdido. Tengo que darme un agua.

–Bueno mi amor... mañana hablamos, sueña conmigo.

–*¿Mi amor? ¡Vaya, vaya! Lo que hay que oír... "Mi amor".*

–Un beso bien grande… en... la boquita, ahora que la tienes limpia. La próxima vez prometo que te la encharco. Te quiero.

–Te quiero.

–*Desde luego… esta juventud no tiene futuro.*

El último mambo en París

–Pues, sabes lo que yo quisiera… bailar mi último mambo en París –dijo Julián a su bisnieto Yotuel, inclinó todo lo que pudo el taburete y se recostó en el muro despintado de su casa en la calle Concordia.

Julián del Agua de la Fuente fue un emigrante español que llegó a la Habana después de una larga estancia en París. Salió de polizonte para evitar un alistamiento seguro en las filas azules durante la guerra civil y, después de muchas tribulaciones, se casó con la negra Caridad, tuvieron cuatro hijos y terminaron en este inmenso solar de la calle Concordia, en Centro Habana; con sus respectivos nietos y bisnietos. Hasta aquí, esta es una historia como tantas otras donde apenas cambia la región de partida, el domicilio o el número de hijos, sino hubiera sido porque, en el momento en que su abuelo exclamó aquella frase, el pequeño Yotuel estuviera presente y se lo tomara al pie de la letra durante el resto de sus días y el taburete, viejo y roído por el comején, cedió por una de sus patas minutos después, y el *tata* se vino abajo partiéndose el también ya muy frágil y delicado cuello. La determinación, inspiración o grandeza que provocó aquella frase, el fatal accidente o una combinación de ambos grabó en la memoria del niño esa oración como un cincel en piedra por el resto de los restos.

De los cuatro hijos Caridad tuvo solo una hembra; negrita como el tizón y dulce como la miel a la que llamó Blancanieves y, sin saberlo, inició una particular tradición de nombres que, en ese momento, alcanzaba la tercera generación. Blancanieves tuvo también una abundante descendencia que tuvo como primogénita a Mileidi, madre de Yotuel, a las gemelas Yusimí y Yuanai y al enorme Usnavi (todos ellos en el mejor esfuerzo posible por ajustarse a *My Lady*, *You See Me*, *You and I* y *Us Navi*). Ninguno de los nombres resultó un problema, así que cuando Mileidi vio salir a aquel hermoso mulato de su vientre le llamó Yotuel en un homenaje a la gran familia que iniciaban los tres: Yo, tú y él.

Al bisabuelo lo incineraron y su enorme descendencia colocó sus cenizas en el mejor jarrón de porcelana blanco que encontraron entre las modestias reliquias familiares y lo colocaron en el altar mayor, al lado de Obatalá: *babá*.

Yotuel nunca olvidó la frase del tata a pesar de que jamás escuchó un mambo, ni tenía la más remota idea de dónde estaba París. Su responsabilidad en la sociedad en que nació, correspondía simplemente a estudiar, le recordaba a menudo su madre; pero por mucho que se lo repitiera Mileidi, apenas consiguió que acabara primaria con una aprobado más que dudoso. Lo de Yotuel no eran las letras… ni los números… sino las pesas y las mujeres. Se agenció de una vieja revista de tipos musculosos embadurnados de aceite y decidió ser un "Míster Universo" y salir de aquel solar y vivir una vida de lujos; él y toda su familia.

Aquella idea pareció gustar a todos sus hermanos, hermanas y primos que veían cómo su cuerpo se parecía más a Tarzán, Conan, Rocky y cualquier otro forzudo de las películas del sábado por la noche o el domingo a mediodía y decidieron ayudarle. Claro que ni el animoso Yotuel, ni nadie de la familia habían reparado en un pequeño detalle logístico:

desde el 59 no existe "Míster Cuba"… y, claro, cómo iba a ser "Míster Universo", sin antes ser "Míster de alguna parte". No existía. Nunca podría llegar a ser "Míster Algo" en Cuba; aquello no era un deporte, como el béisbol o el atletismo, sino una "reminiscencia" del pasado, una práctica pequeño-burguesa-capitalista que degradaba la condición humana. Lo único que quería ser, lo único que tenía claro que quería ser era… "malo".

Yotuel había acariciado la idea, incluso, de poder cumplir el deseo de su tata. Siendo "Míster Universo", qué o quién podía impedírselo. Sería como "*Super Man*", el primer mulato cubano con súper poderes que llenaría páginas y páginas de periódicos, portadas de revistas, anuncios de televisión. Podría tener todas las mujeres qué quisiera, todo el mundo se rendiría a sus pies pero, claro, en un lugar "posible" para cumplir su ambición, donde hubiera periódicos triviales que traten de cosas absolutamente intrascendentes, más de tres o cuatro, por supuesto; revistas de cualquier mierda que no fuese exclusivamente "revolucionaria", incluidas, faltaría más, las de fisiculturismo (o fisicoculturismo); y una televisión con más de dos canales destinados al entretenimiento. El reto se presentaba difícil hasta que descubrió una posibilidad por casualidad.

Estaba en Coppelia, con otro par de amigos de "hierros", cuando pasó un grupo de turistas italianas y se le quedaron mirando. ¿Qué hacía un mulato imponente; joven y hermoso; con trencitas, labradas cuidadosamente por su hermana Julia-Robert (en homenaje al tata fallecido tres meses antes de su nacimiento); nariz aguileña, heredada del tata; en medio de la Rampa a las nueve de la noche? Nada. Y esa noche acabó entre las piernas de la flaca Berenice, y al día siguiente, entre las de su amiga Assunta y así, ese simple hecho fortuito… le dio "la idea".

Al principio le invitaban a coca colas, cervezas, ron, comida o algún club (bailaba muy bien la salsa) pero, con el tiempo, fue descubriendo que esos privilegios solo eran pequeñas migajas ante su potencial y decidió convertirlo en una empresa, en una multinacional. Para acostarse con él tendrían además que pagarle y así, por lo menos, empezaría a juntar dinero para hacer realidad el sueño del tata. Así se lo planteó.

Y el negocio fue bien durante un tiempo. La envidia –creyó él– hizo que le detuvieran, le acusaran de prostitución, le requisaran un montón de pacotillas, y le encerraran por un tiempo. En el "tanque" sus músculos aumentaron tanto que apenas le reconocieron cuando regresó a Concordia. Si nunca tuvo "nada" que hacer, allí menos; así que lo dedicó a su gran objetivo: el de ser "Míster Universo". Para orientar un poco su futuro y hacer algo de *lobbying* se hizo apodar "Míster Universo".

"Míster Universo", conocido antiguamente por Yotuel, era un hombre reformado por el sistema. Ya no podría obtener dinero por acostarse con las turistas pero podría hacer algo mejor: casarse. Ahora debía buscar la mujer adecuada para contraer nupcias y salir del país a Europa; ya se las arreglaría para llegar a París. A pesar de sus intenciones todavía tuvo que vérselas con muchas descaradas que solo veían en él un objeto sexual, pero lo entendió y trató de cortejar –en plan novios– a todas las blancas que se le acercaban con algún acento diferente. La empresa, por increíble que pareciera, fue a mejor. No recaudaba como antes, sino mucho más. Ahora cada "novia" mantenía sus ilusiones por cartas, que a duras penas respondía, y cuantiosas donaciones periódicas para su manutención.

«Que no te falte de nada… pobrecito», «En cuanto pueda te saco de allí», «Déjame resolver algunos problemillas familiares y te vienes», «Cuento los días en que podamos pasear juntos por las calles de Roma», «No hay día que no mire el Big Ben sin pensar cómo sería contigo», «Que ganas tengo de llevarte de compras por Serrano», son solo algunos fragmentos extraídos de aquellas misivas a las que respondía prácticamente cambiando el nombre de la destinataria y con mucho "amol".

Todo era cuestión de tiempo y, finalmente, ese momento llegó con Fleur, una francesa enorme, pelirroja y pecosa, completamente chiflada, que lo más cerca que había estado de una verga en condiciones, hasta ese momento, había sido en una peluquería mirando unas fotos, en una revista del corazón muy importante, del marido de una famosa, muy famosa, en una piscina con un par de putas.

Cuando Fleur oyó su ronroneo sexual y luego sintió como le crujía la vagina al penetrar la enorme verga de "Míster Universo" y tuvo el orgasmo más espectacular de su vida, nada en comparación con sus abundantes masturbaciones, no tuvo ninguna duda: «A este súper macho me lo llevo de aquí como sea». Sabía que no iba a ser más barato que sus juguetes sexuales pero la idea de tener una máquina sexual en casa, muy cerca de París, le trastornó por completo. «El amor vendrá luego» pensó con cierto sentido de culpabilidad y no por Yotuel, que era todo demostraciones de amor, sino por ella. Ella no estaba enamorada; solo salvajemente atraída por aquella bestia caribeña.

Finalmente Fleur consiguió casarse con Yotuel y, sin saber ni gota de francés, pudo partir. El equipaje era liviano; demasiado quizá para quien no sabe si algún día volverá pero el lastre es "osorbo". Las raíces que se queden donde mejor están: bajo tierra.

Apenas le acompañó el jarrón de porcelana con las cenizas del tata, algo de ropa y dos o tres fotos familiares en blanco y negro. Una con Julia-Robert y Mileidi; no lo he dicho antes, pero su padre murió de cirrosis hepática, mientras él estaba en la cárcel. Otra imagen solo en el pasillo del solar inflando todos los músculos, posando como los de la revista; aunque con un poco menos de brillo, porque no tenía aceite y tuvo que echarse manteca de majá y, claro, no era lo mismo y otra color sepia, de mírame y no me toques de tanto sobarla, en brazos de su tata: Julián del Agua de la Fuente.

Al llegar al pueblo de Fleur, todo cambió. Sus amigas fueron a ver y saludar al animal y sintieron unas ganas irresistibles de tirárselo, pero la decepción cundió en su familia y se extendió a su círculo de colegas y todo se complicó. Yotuel nunca había trabajado, así que no sabía hacer nada y no estaba por la labor de empezar ahora. Fleur no consiguió enamorarse y tampoco estaba dispuesta a compartirlo con sus amigas, conocidas y hasta vecinas. Así que un día por la mañana, después de una noche de satisfacción a todo su apetito y fantasía sexual, le despidió: –No te quiero más aquí. Toma, en este sobre tienes dinero de sobra para vivir un mes, pero no quiero verte nunca más. La próxima vez será, si acaso, para divorciarnos. No lo tomes a mal. No es cosa tuya.

No lloró, ni le suplicó, se lo dijo igual que le podría haber dicho: –Sabes cariño, falta mantequilla, porqué no vas y la compras y, de paso, algo de papel higiénico que tampoco hay –y a Yotuel le dejó paralizado aunque solo por un momento. No estaba solo. Tenía su cuerpo muy bien esculpido, y aquí sí no le detendrían por eso. Podría ser, por fin, sin prejuicios ni rechazos: "Míster Universo" o, si todo se torcía, un consolador de carne y hueso, en cuerpo y alma. Así que, mientras aprendía algo de francés y localizaba algún foco de fisiculturismo por donde empezar, inició un recorrido humanitario por todas las casas de las conocidas de Fleur; que empezaba por la compasión y terminaba en el éxtasis sexual y abundante llanto en el momento de partida. Después de siete meses, cuando ya no quedaba nadie más por "visitar" y tendría: o que quedarse con alguna o empezar a pagarse una pensión, ya contaba con un nivel de francés mínimo para aventurarse a su encuentro con el destino en París.

Llegó tan rápido que casi estuvo a punto de montar en el siguiente tren y seguir sin rumbo. Nunca se había hecho una composición de lugar. Incluso andando hubiera tardado un par de tardes como mucho; claro está, sin paradas "técnicas" innecesarias. Pero preguntó y entendió que había llegado. Quizá le consideraron con cierta insuficiencia mental, por la forma que le miraron, pero con ello fue suficiente. Tampoco tuvo demasiados problemas para meterse en el metro y llegar hasta los Champs-Élysées. Al ver la torre Eiffel, Yotuel se quedó boquiabierto. Era la primera vez, ni siquiera la había visto antes en fotos. «Cómo pudo alguien tejer esos hierros de esa manera, con lo que pesan» pensó y casi tuvo vértigo al pensar que debía subir hasta lo más arriba posible para cumplir su promesa. Dos o tres preguntas más fueron suficientes para tomar el ascensor y, después de algún que otro error, llegó, por fin, a la cima.

Es imposible describir la sensación que tuvo. 360 grados de belleza a golpe de pájaro eran, incluso para él, demasiadas emociones juntas. Después de una media hora muy larga decidió que era el momento. Abrió su maletín, sacó con cuidado el jarrón de porcelana y empezó a esparcir sus cenizas al viento. Hubiera pasado completamente inadvertido de no ser por sus expresiones: –Aquí estás tata, ya puedes bailar tu mambo –y la improvisación de algunos pasillos de mambo silentes.

Se emocionó tanto que estuvo a punto de lanzar también su pequeño equipaje y así poner el contador a cero una vez más, pero cortó el impulso pensando que le podrían obligar luego a recoger todas las cosas y arrancar con ellas de nuevo. «Mejor termino de tirarlo en el río», pensó y desapareció caminando hacia el Sena oscilando su cuerpo a ritmo de Pérez Prado: Aaaahhh.

El fin del mundo

Esto es el fin del mundo. No se puede volver atrás ni seguir adelante.

Haruki Murakami

El silencio no existe. Lo puso a prueba John Cage en su 4:33. Por mucho que no haya sonido, siempre está el ruido de fondo, un pequeño e imperceptible murmullo, aún cuando provenga de dentro.

Sin embargo allí, en pleno Vedado, tirados sobre la yerba del parque del teatro Amadeo Roldán, a las 12:00 del día, H. y P. pueden percibir lo más parecido al silencio. Suficientemente lejos del mar, de las avenidas, de los edificios, de los colegios, de la vida y de la muerte, degustan del "silencio".

–Aquí no pasa nada. Ni aviones, ni carros, ni bicicletas… nada –dice P. e incluso eso se oye apagado; como si una ráfaga de viento suave, imperceptible lo apartara cuidadosamente de la pina–. Nada de nada.

Les sobra tiempo y esta es solo una forma de gastarlo: disfrutando de su insonorización, claustrofobia o mudez; depende de cómo se mire. Cuando el tiempo se detiene puedes oír hasta el vibrato de tu sangre; más bien de la que va quedando porque, aunque parezca poco ortodoxo, el fluido termina exhausto de tantas vueltas sobre el mismo circuito y se ralentiza viscosamente hasta parecer irrelevante.

Se desgasta como una rueda de bicicleta que, debido a la fricción, en cada vuelta pierde un poco de goma hasta terminar en las cuerdas. Todas las constantes vitales duermen mientras estás despierto. Así es como se está muerto en vida.

Hace mucho tiempo les tocaba relevar a la generación anterior pero "ellos", los que tienen el control, "los jerarcas", decidieron por unanimidad que lo hacían mucho mejor o, al menos, que no querían experimentos que estropearan lo que sea hubieran hecho hasta entonces y los han relegado a este impase; donde no es posible volver atrás, pero tampoco seguir adelante. Una valla de utopías, como la del silencio, les protegen de un enemigo, malvado y deseado, vecino y lejano, que, de cuando en cuando, enseña sus garras. Les preparan para, en caso de aparición del diablo, no caer en la tentación. Esto es parte del silencio. Los sonidos que deben oír son preparados con mucho cariño para mantener una salud auditiva excelente; que digo... la mejor de todo el hemisferio. Les evitan escuchar todo aquello que pueda distorsionar su visión de la realidad. Toda una basura que, aunque se empeñen en burlar todas las protecciones, es imposible de oír.

–¿Será esto lo que no se puede oír? –interrumpe de nuevo P.

–¿Tú crees? –responde H. con una pregunta.

–No lo sé –asiente–. Porque, desde luego, si es esto... menuda mierda.

–Sí... menuda fana –reafirma H.

No pasa nada, efectivamente. En todo el tiempo que llevan tirados sobre la yerba no ha pasado ningún avión, ni avioneta, ni aeroplano, ni platillo volador, ni un pájaro de cuerda apenas. Claro que el aeropuerto "José Martí" está muy lejos pero, esta tarde, ni siquiera un insignificante avión de combate, un pequeño MIG 23, un helicóptero,... nada que modifique la percepción del cenit ha sobrevolado el silencio.

El inmenso cielo vacío se mantiene tan azul como siempre con sus nubes blancas empujadas por el viento y el sol cruje las piedras. H. y P., rodeados de aire, de agua y de sol, flotan en un islote abandonado entre el antes y el devenir; a la deriva del tiempo, en una compleja dimensión de la nada, en un sofisticado equilibrio; en una trampa doble: histórica y geográfica.

–El sol brilla tanto que… a lo mejor no nos deja ver… ni oír –razona P.

«Quizá tanto reflejo impida percibir las cosas como son» piensa H.; pero se mantiene callado.

–¿Crees que alguna vez pasará algo? –cuestiona P.

–¿Algo como qué?

–No sé, cualquier cosa. Que podamos hacer algo, movernos, viajar, oír todo lo que queramos, atiborrarnos de ruido… cambiar.

–¿Tú crees? Recuerda que estás a salvo en el fin del mundo. Aquí no pasa nada, ni siquiera un avión, ni un carro, ni una bicicleta… nada –recuerda H.–, disfrútalo.

El recoge cabos

Cuando Gómez decidió hacerse escritor, no imaginó en qué se convertiría. Empezó como muchos a imaginarse historias y a ponerlas en blanco y negro, pero no tardó demasiado en comprobar que tanta ficción no era "real"; no en el sentido de ajustarse a la realidad, sino más bien en su poca credibilidad. No eran historias "verosímiles". Un relato de ciencia ficción puede ser creíble si los protagonistas sufren y se emocionan como cualquier mortal. Incluso una masa verde gelatinosa, en un planeta amarillo y grasiento, puede provocarnos ternura o asco. Lo que interesa al lector es la relación entre los personajes más que los personajes, el attrezzo o el paisaje en sí mismo. Sus protagonistas erraban, más como sombras que luces, por un limbo exquisitamente decorado; eran flácidos y sosos; máscaras en lugar de rostros. Gómez se desanimó enseguida. «En definitiva, todo el mundo no puede ser escritor», pensó; siempre me queda la crítica. Sin embargo, la idea de poner en boca de otros, diálogos, crear acciones, por "increíbles" que fueran, y, en general, de tener la capacidad de construir un microcosmos a medida, le excitaba. Tenía que encontrar la fórmula.

Lo primero que hizo fue aprender de sus errores («La historia no está mal», razonó, «el problema está en los personajes») y reescribió su primera novela varias veces humanizando cada vez más a sus figuras. La verdad, no le resultó difícil: conoce mucha a gente y fue incluso divertido vampirizar sus espíritus y reinyectarlos en sus avatares. Después escribió sin parar una nueva novela corta para sistematizar su aprendizaje. Cada personaje se mueve en tiempo y espacio; por lo que, a cada entidad espacio-temporal diferente, le otorgó una especie de *estado*. Sin embargo «tiene que haber alguna razón», dedujo Gómez. Vamos a un sitio por algo (o por nada que también es algo) y el movimiento temporal es, simplemente, inevitable. Pasamos de una edad a otra, de una década a otra, de una época a otra, sin remedio. A este motor de movimiento le llamó *transición* o *suceso* y obtuvo un modelo de comportamiento que en ingeniería se suele llamar: *máquina de estados*. Con su "máquina" podía hacer diagramas de sus personajes y planificar sus movimientos o transiciones. En el eje horizontal colocó el tiempo y en el eje vertical el espacio (era irrelevante relacionar con precisión norte, sur, este, oeste; la no coincidencia de dos lugares en el mismo estado era condición suficiente). Con esta intervención arquitectónica, Gómez disfrutó proyectando su próxima novela. Podía ambientarla donde quisiera, así que lo hizo en París, en pleno siglo de las luces, y abarcaría unos diez años en el tiempo: una especie de oda a la tolerancia. Para humanizar sus personajes, recurrió a las almas conocidas; de hecho, ya tenía una buena base de datos a costa de observar y anotar comportamientos curiosos, relevantes, graciosos, confusos, etc., y ocurrió que, a pesar de todo, su novela era tan real que no parecía ficción. Gómez se convirtió en un "recoge cabos" de almas, juntó los restos de cigarrillos humanos en su gran base de datos para, recombinándolos, obtener nuevos comportamientos. En definitiva, lo importante era, según su investigación, las transiciones, los procesos, los sucesos y no lo estados. Pura alquimia e inspiración.

Sus amigos, cuando se reconocían en los personajes, según le favorecían o perjudicaban, le alababan o criticaban. Lo cierto es que; aunque una novela (del italiano *novella*, noticia), por definición, es una obra literaria en prosa en la que se narra una acción fingida en todo o en parte, y cuyo fin es causar placer estético a los lectores con la descripción o pintura de sucesos o en lances interesantes, de caracteres, de pasiones y de costumbres; la suya, para los que no conocían la personalidad de algunos de los personajes, era auténtica ficción, mientras que para los que reconocían el alma, o algún trozo de alma, de algún o algunos personajes era una biografía encubierta. Gómez, en dependencia del lector, era un escritor o un chivato. Convertido a una especie de Fausto, decidió pagar tan alto el precio de su literatura. Alcanzó simultáneamente la gloria y el desprecio. Todavía hoy anda por ahí solo, recogiendo y anotando discretamente, observando. Los que lo conocen saben a qué atenerse: cualquier cosa que diga puede ser usada en su contra; y le rehúyen o abrazan; según le interese o no, ver algún fragmento suyo, de su yo, en algún personaje de Gómez. Cuanto más lejos estén sus lectores, más le adoran y en países tan remotos como Japón o China, donde es prácticamente improbable que alguien conozca al más mínimo resto de algunas de sus "víctimas", se ha convertido en un *best seller*. Cuanto más cerca y menos favorecido se detecte alguien, crece un odio insano; mayor cuanto más conseguido esté en su "avatar". Gómez se mantiene al margen y, aunque ya es un escritor de culto, cuando le preguntan, simplemente se define como un recoge cabos.

PI

Nadie tiene seguro de vida que cubra los sueños.

Rosana

Científicos de la Universidad de Teesside en Middlesbrough, Inglaterra, inventan máquina para leer el pensamiento.

Un grupo de científicos, encabezado por el Dr. Basquiat, ha diseñado un complejo sistema capaz de leer el pensamiento al que han llamado π y que ha sido probado exitosamente con el primer sujeto: un *autor* que nunca fue capaz de exteriorizar sus obras. Al someter el sujeto a la máquina se le pudo extraer una buena cantidad de dibujos, pinturas, novelas, poesías, canciones populares e incluso una sinfonía incompleta. El aparato en cuestión es capaz de extraer el contenido en los formatos habituales de los ordenadores actuales. Los textos, por ejemplo, en Word; las imágenes, ya sean pinturas, fotos o visiones en Photoshop; los vídeos, mediante un complejo algoritmo que tiene en cuenta la correlación (el complejo sistema es capaz de detectar si las imágenes son fijas o pertenecen a una secuencia), en FinalCut; la música en Wav o, incluso si está lo suficientemente ordenada, en algún sistema de notación musical como Finale o Sibelius.

El análisis de los datos arroja, por el momento, que el genio tenía una notable producción no del todo homogénea y consistente. La sinfonía incompleta, no se sabe si porque aún está en fase de inspiración o porque se agotó la memoria del sistema, según palabras del propio Basquiat: "… es lo más sublime que escuchará la humanidad después del Réquiem de Mozart".

Ahora los científicos trabajan en ampliar la memoria del sistema en dos *petas* y resolver algunos problemas técnicos colaterales, como la deshidratación que ha sufrido el sujeto durante el experimento, mientras reciben una gran cantidad de ofertas y presiones de todos los cuerpos de inteligencias del mundo.

2112

Al verla tendida sobre la cama, tranquila, ida, no tengo dudas: no habrá próxima vez. No dice nada. No hace falta. Hay cosas que no se pueden decir con palabras. Escruto toda la habitación. Todo es inocuo. Hace falta tanto valor para vivir como para morir. Es joven, linda, lo tiene todo. Pero una única razón es suficiente, una pequeña y poderosa idea puede devastar cualquier equilibrio. Cierro la puerta 2112. A veces me equivoco, como todo el mundo. El ascensor llega a la planta 0 y apenas puedo salir. Una tupida masa de curiosos lo impide. No puedo verla.

Él/Ella

Aquella cita tiene que ser una señal. Sin embargo, no se por qué, dudo perdido entre tantas pistas. No me deja solo ni un minuto. Es como mi sombra. No se cansa de decirme que me quiere; que soy lo más importante en su vida. Y lo terrible es que siento lo mismo, pero soy muy tímido; no sé por qué, pero especialmente con ella y no sé cómo hacerle saber mi amor. Solo yo sé cuánto la deseo, pero irremediablemente mis señas se pierden sin remedio. Parece ignorarlo simplemente. Ahora ha acabado el curso. No tendríamos que vernos más hasta septiembre, y este es el último año antes de que cada uno vaya a una universidad diferente, pero ella me ha llamado para que vaya a su casa: –Mis padres me han dejado sola. Te necesito – me dice. Creo que el mensaje es inequívoco. ¿No? En otras ocasiones quizá no era tan claro, como cuando todo terminaba en: –Sabes, tú eres lo que más yo quiero en este mundo... eres mi mejor amigo –La palabra "amigo" es como un dique que ahoga el maremoto que ruge en mi interior. Esta vez la frase parece clara pero, según me acerco a su casa, dudo de haberla interpretado correctamente. Ella suele usarlas: "te necesito", "te quiero", en muchas oraciones antes de la palabra "amigo". ¿Habrá dado por hecho "Te necesito... amigo"? Que tenga la casa para ella tampoco es demasiado explícito. Son las dos oraciones juntas lo que me hace dudar; además de que es la primera vez, en casi dos años de amor platónico, que me invita a su propia casa. De eso no hay duda.

Llego a los bajos del edificio. Hay una escalera enorme en forma de espiral, con un pequeño tabique semicircular a su alrededor; una especie de protector contra el viento. El mar está tranquilo y bate casi en mis pies. Puedo sentir el olor del salitre y el frescor del agua pulverizada en la piel. Pese al calor tengo escalofríos, pánico. Subo uno a uno los escalones hasta llegar a su planta como si fuese directo al cadalso.

Ella me abre con una sonrisa y un fuerte abrazo que siento como si estuviésemos desnudos. Está descalza. Sus pies son hermosos, pero nada en comparación con sus piernas que empiezan en un *short* amarillo pálido demasiado corto. Se sienta, cruza los pies. Creo que no lleva blúmer. No quiero parecer indiscreto y subo la mirada para encontrarme con una diminuta camiseta que apenas le cubre el ombligo. Tampoco lleva ajustadores y sus diminutos pezones se marcan en el algodón. Miro su cara. No lleva el pelo recogido como siempre. Sus ojos son de un ámbar-violeta. Le cambian con el tiempo. Es simplemente preciosa, perfecta. Mientras lo pienso la temperatura comienza a subirme. Los cachetes me arden. Tengo fiebre.

Me invita a conocer la casa. El enorme balcón da entero al mar. Tengo la impresión de que, desde allí, puedo saltar directamente al agua. Será un sueño recursivo que no me abandonará nunca. Saltando al agua desde allí; a riesgo de caer en una marea de gente con trusas de muchos colores y ella saliendo del agua a buscarme con un biquini de rayas blancas y rojas. La cocina es enorme. Tomamos una limonada que ha preparado previamente. Su habitación es blanca y sobria. Solo hay una cama pequeña y un armario gigante enfrente de puertas rematadas con espejos.

Conversamos... de nada, de cosas que parecen insignificantes y no dejan oportunidad de entrar en tema. El calor aumenta. Ella me enseña unas fotografías. Tiene que coger el álbum de encima del escaparate y, al hacerlo, vuelven a asomar sus nalgas blancas y tersas. Tengo una incómoda erección. La excitación es incontrolable. Ella se queda quieta, sentada a mi lado, con las manos sobre el álbum. Se mueve el pelo hacia arriba en un gesto que conozco perfectamente. Está más bella que nunca. Me mira. Esta vez sin palabras.

Quién sabe cuánto tiempo pasa, pero ninguno de los dos avanza un milímetro. Estoy paralizado, cociéndome en un horno insoportable sin poder mover un músculo. No podré hacerlo. Nunca podré.

Me voy con ganas de llorar. Daría cualquier cosa porque todo empezase de nuevo pero no volverá a pasar. Ahora, sin remedio, tengo claro que no me equivocaba. Era "la" oportunidad.

Ya es octubre, sin embargo, todo es diferente esta vez. Nos hablamos, nos buscamos, pero no como siempre. Noto una distancia física, nueva, una barrera que repele. Es como si, desde ambos lados de la calle, detrás de dos muros interminables, tuviésemos solo como medio de comunicación los ojos. Nunca sería capaz de declararme, de saltar por encima de la palabra "amigo". Sufro como un perro por las esquinas viéndola pasar. Nadie puede ayudarme.

Un conocido se sienta a mi lado con ganas de matar el tiempo. Observa cómo la miro.

–¿Te gusta esa? –pregunta.

–¡A mí!... ¡qué va! –contesto.

–A esa me la singué hace un par de semanas… –no doy crédito.

–¿Qué? –pregunto a pesar de haberlo oído perfectamente.

–Que me la singué… después de una fiesta. La acompañé a su casa. Estaba borrachísima. Empezamos a matearnos en la escalera y… allí mismo… ñacañaca.

–¡¿En la escalera?!

–Si, una de esas de caracol. Nos pegamos al muro que está detrás, como en forma de concha, y allí mismo. Menuda putica. Primero me la mamó y luego se puso de espaldas para que se la metiera. Después de eso… ni me ha vuelto a mirar la cara. Como si apestara.

Me levanto. Creo que voy a vomitar. Una furia descomunal me quema desde dentro. Tengo unas ganas terribles de correr pero ninguna dirección parece llevarme suficientemente lejos, al menos donde necesito. Voy a estallar en cualquier momento.

–Mis padres me han dejado sola. Te necesito –le dices y sientes una vergüenza horrible. Le amas, desde el primer día, desde siempre y disfrutas de ese amor ideal. No es que sean patéticos, sino que así será él, y solo él, el único en tu vida. Sin embargo, tras el parapeto del teléfono, te has aventurado a insinuarte. No quieres romper la pureza de tus sentimientos pero algo, desde muy dentro, te empuja a hacerlo: es el deseo cada vez más intenso e incontrolable. Tienes miedo, mucho miedo a decepcionarle. Sería el fin. Solo pensarlo te asusta y te das cuenta de cómo le has mantenido a raya hasta ahora. "Amigo", esa es la cuestión. Lo quieres más que a nadie, pero crees que la única forma de conservarlo así, intacto, es en esa insana amistad y se lo dices entre diálogos de amor y medias palabras. Sabes que le confundes; pero tú también está confusa. Están muy cerca, siempre juntos, y eso es lo más importante. Sientes rabia, unos celos enormes ante cada aventura amorosa de él, pero le perdonas porque sabes que no le das oportunidad y que no tienen la más mínima importancia. Lo vuestro está por encima de todo. Entre ser una más, o tú, la única, optas por lo segundo sin evitar cuestionarlo. Sin embargo, esta vez algo ha fallado. Al menos no te has podido contener y has abierto esa compuerta de tus sentimientos a lo desconocido.

Tienes miedo. Cuentas los segundos que parecen minutos y para no pensar en nada le preparas una limonada. Has escogido poca ropa: cómoda y atrevida. Quieres que vea esa cara siempre oculta. Te asomas al balcón para coger aire cuando suena el timbre.

Él llega radiante. La camisa nueva de rallas de colores le hace más lindo. Nunca lo has visto tan elegante. Estás emocionada. Quieres desnudarse y entregarte completamente a él, pero no puedes. Estás paralizada. Para aliviar tensiones le enseñas la casa. Lo llevas al balcón donde tantas veces te imaginas abrazada a él mientras cae el sol. Toman el refresco en la cocina y lo llevas a tu habitación. Has elegido ver el álbum de fotos como pretexto. Lo has colocado encima del armario cuidadosamente para tener que estirarte y darle alguna pista. Pero él no reacciona. No está acostumbrado y no es capaz de tomar la iniciativa. Hoy te has prohibido el uso de la palabra "amigo", pero las has gastado tanto, te has llenado la boca con ella en tal desproporción, te has bañado y restregado tal número de veces, que es imposible que pase desapercibida; como si la hubieras tatuado entre los dos y no hubiera técnica ni procedimiento para arrancarla de la piel.

Estás decepcionada. Sollozas cuando cierras la puerta tras él. Si ha olvidado algo y suena el timbre de nuevo le saltarás al cuello. Pero esperas unos segundos, unos minutos, un cuarto de hora y no ocurre. Sales al balcón y lloras mientras cae el sol y te convences que no existe una mínima probabilidad de hacerlo rodeada por sus brazos. Has perdido la última oportunidad.

Él no quiere saber nada de ti y no lo entiendes. Fuiste a esa fiesta por él –menuda decepción al no verlo– y tomaste compulsivamente, con una ansiedad desconocida. No sabes quién te llevo a casa pero quisiste imaginarte que era él y liberar tus fantasías sin reparo. No abriste los ojos. Cogiste una buena, pero no un coma etílico. Te convertiste en una máquina sexual deseada, poseída, febril. Convertiste aquel azaroso y mediocre encuentro en un acto de liberación.

Despedazaste las compuertas de tu encierro. Quisiste ser un hacha violenta sobre la madera templada de la amistad. Eras consciente, sería más entierro que nacimiento, pero daba igual. "La" oportunidad se esfumó. Vivirás con eso para siempre. Con él. Sin él.

Al cerrar los ojos

El césped está húmedo, fresco, bajo la sombra del espléndido cedro. Hay unas quince personas tumbadas sobre él aspirando el sonido que trae el viento. Dos trovadores alteran su música sentados sobre una enorme raíz. Todos tararean en voz baja algún que otro estribillo, aplauden. Hay un ambiente bucólico. Como si aquellas notas contagiaran de optimismo, buen gusto y armonía el, ya por sí mismo increíble, entorno. Ella tiene la voz rugosa, raspada, pero derrocha encanto, musicalidad, sensibilidad. Él apenas susurra melodías inéditas entre acordes imposibles. Una chica de falda colorida me ofrece un té. Pienso en Janis Joplin y me encharco de fragancia los pulmones. La brisa sopla suave. A pesar del sol no hace calor. Solo un silencio hipnótico, trascendental, acariciado por la música. Probablemente esto sea lo más parecido a la felicidad.

Muy cerca de allí hay una biblioteca horadada entre piedras. Hasta los numerosos desniveles que hacen las veces de bancos o asientos parecen fortuitos. Pero no es así. La casa colonial, el acuario con forma de espiral, el anfiteatro de piedra con tarima flotante sobre el lago, los ríos, las yagrumas, los almácigos y araucarias, cada piedra, cada planta, cada arroyo ha sido colocado cuidadosamente por una mano divina dibujando al edén.

Damos un paseo a caballo, puedes correr en cualquier dirección sin límites. Tienes esa impresión. Serpenteas por entre frondosos framboyanes, buganvilias, caobas, caña brava y mariposas. Te detienes. Comes rodeado de vitrales polícromos en medio de palmas, jagüeyes, cocoteros, musgos y helechos; juego de luces y sombras sobre muros antiguos, rejas oxidadas, mármoles autóctonos y maderas preciosas. El hormigón muerto integrado en la naturaleza viva parece atrapar el tiempo en un espacio increíble. Duermes bajo la sombra de un pino con el murmullo de un pequeño riachuelo. El aire es el verdadero protagonista. Ninguna arquitectura se propone atraparlo.

Monto ese pequeño tren de vapor traído de otros tiempos. Cada viaje es diferente a pesar de regresar a la misma estación. Es como dar la vuelta al mundo o ascender al espacio en globo. Tú eres Matías Pérez, el "rey de los toldos"; pero ahora no lo sé. En este momento somos simplemente unos viajeros excepcionales que disfrutan del trayecto.

En una pequeña galería, siempre blanca, piedra, madera, metal y natural, puedo amasar el barro. No tengo ni idea pero es suave y frío. Mientras espero que salga del horno puedo ver el derroche de color en porcelanas y vasijas. Tú haces un caballo, desproporcionado y psicodélico; simplemente hermoso. Pero lo dejamos allí. Para que otros puedan disfrutarlo. Mi pequeño muñeco es frágil y se rompe. No me importa. Cualquier inconveniente allí es estrictamente ridículo.

Así recuerdo aquellos paseos contigo. Es la idea que tengo de la suerte, de la niñez y de la adolescencia. Ha pasado mucho tiempo desde que no estás. Quizá no tanto, pero parece más. Sin embargo, mientras quede este paraíso en mi memoria podemos pasear cuando queramos. Solo tengo que cerrar los ojos.

The most beautiful girl in the world

Isis era la niña más hermosa sobre la faz de la tierra, a pesar de que a Prince aún le faltan diez años para componer *The most beautiful girl in the world* y ahora no paro de escuchar *Raspberry Beret*. La conocí por casualidad. Tenía unas ganas inexplicables de comer dulce. No había ni un miserable trozo de *cake* por ninguna parte, ni cumpleaños de nadie que conociera, ni una simple "marquesita" que comprar. Acuciaba la escasez. Para cuando Prince sacara su single *The most beautiful girl in the world* no habría prácticamente nada y las cosas más básicas, como un minúsculo "cacho" de dulce, valdría cien veces o más que su valor ahora. Para entonces recordaríamos con incredulidad esos tiempos en que fuimos felices sin saberlo. Voy a llamar por teléfono a Darío para vernos cuando tocan a la puerta.

–¿Quieres manteca?

–No.

–¿Quieres ron, alcohol?

–No, gracias.

–¿Quieres cigarros?

–Tampoco.

–Asere, ¡¿usté no quiere na'?! No puede ser. Pídame lo que quiera que yo se lo consigo –Mi norma número uno para vivir en "el barrio" es no comprar nada de lo que me ofrecen en la puerta de mi casa. Tengo la impresión de que si acepto una vez, aunque solo sea una primera y única, no pararán de llamar y, teniendo en cuenta la dudosa legalidad y seguridad de todos estos productos, podría meterme en un buen lío; más, teniendo al presidente del "comité" tan cerca. Pero esta vez hice, inconscientemente, una excepción.

–¿Tienes dulce? –le pregunté.

–¿¡Dulce!? ¿Qué dulce?

–Cake –el hombre duda, se frota el pelo ralo y ensortijado–. Consorte, me lo pones difícil. Sí... en el último piso del "Romeo y Julieta" hay. Pregunta por Iván de parte mía: Rainier.

–Gracias.

–De nada y ya tú sabe'... cuando quieras algo pídemelo que yo te lo consigo. Yo vivo ahí mismo, en la planta baja. Solo tienes que preguntar por Rainier.

A pesar de compartir la misma dirección: Concordia y Belascoaín, jamás había puesto un pie en el "Romeo y Julieta": un edificio vetusto, al parecer una factoría de tabaco, convertido en el solar más grande de todo Centro Habana. Solo cruzar esa pequeña diagonal suponía pasar una frontera, la del barrio de Cayo Hueso. Otro mundo. Muchas veces vi y oí a los habitantes del "Romeo y Julieta", y alrededores, tocando tambores improvisados en cubos y cajas de madera en los soportales. Incluso en una ocasión el éxtasis poseyó a aquella masa que paró la circulación y congeló el tráfico (téngase en cuenta que Belascoaín es una de las arterias principales de Centro Habana que muere en el Malecón). Tuvo que intervenir la policía. A los del primer patrullero se lo ventilaron un par de mujeres a arañazos y mordidas. Los del segundo, alertados por sus compañeros vencidos, llegaron tirando tiros al aire.

La masa corrió de un lado a otro sin miedo, por pura diversión. Finalmente dejaron caer un cubo relleno de cemento seco desde la azotea sobre el techo del carro. Quedó como una chapa de jugar al "pon". El orden llegó con el tercer patrullero. Un policía calvo, bajito, se bajó repartiendo golpes, poniendo esposas e inmovilizando al personal con destreza y rapidez. Uno solo bastó para poner remedio a un desorden que duró varias horas.

En otra ocasión la rumba fue de noche. Al parecer hubo drogas y alcohol de más y terminó en una bronca tumultuaria. La policía llegó enseguida y los "vecinos" del "Romeo y Julieta", para mejorar su invisibilidad, rompieron todas las lámparas de luz fría de los soportales. Me despertó el estruendo. Les costó permanecer varios años sin luz.

A pesar de todo ya nada podía detenerme. Comer un trozo de dulce se había convertido en una prioridad de primer orden, en una cuestión de vida o muerte y así, entré en el "Romeo y Julieta" buscando a Iván de parte de Rainier. Me sentí observado, escrutado, en definitiva era un extranjero en esos dominios; ¿uno de la secreta quizá? Pero no debí de ofrecerles peligro porque nadie se interpuso en mi camino.

–Iván es ese que está en la esquina recostado a la barandilla en camiseta, ¿lo ves?

Pude verlo. Con esa pinta de chulo salido de un "Réquiem por Yarini", quién podía ignorarlo. Pagué veinte pesos por el trozo de dulce y al bajar pude verla. Salía del baño secándose el pelo largo, sedoso y rizado de la misma tonalidad que su piel tostada; ni muy negra, ni muy blanca, ni muy rosa, ni muy marrón. Isis era un monumento en toda regla; la típica criollita de senos justos, más bien pequeños, que no necesitan recogimiento, de cinturita estrecha y culo respingón, ancho como un balcón con vistas al mar, con caderas de maternidad, preparadas para arrojar varios kilos a la luz de un solo empujón y unas piernas fuertes y hermosas. Al pasar por mi lado me miró con unos ojos enormes ámbar-violeta entornados y sonrió con sus labios carnosos. Incluso alzó la cabeza y pude verla a plenitud: su pequeña y fina nariz, las gruesas cejas sin depilar y el cuello largo y delicado que une ambas delicias.

–¡Mijito... te vas a atragantar! –me dijo. Y siguió contoneándose, celebrando su gracia con una risita apenas perceptible.

Esa fue la primera vez que la vi. La que no soy capaz de olvidar. «Esta es sin duda la mujer más bella del mundo», pensé y hasta me pareció original; a pesar de que a todos nos pasa lo mismo, al menos una vez en la vida.

Días después la encontré en el mercado.

–¿El último? –preguntó. Me di la vuelta y era ella.

–Yo... y, ya ves, no morí atragantado –le dije. Ella puso cara de circunstancias. No me extraña que no recuerde nada. Sin embargo reaccionó–. ¡Ah! Tú eres el del pedazo de *cake*. ¡Menudo buque! –¡Se acordaba! Preferí pensar eso, aunque en realidad solo fuera del enorme pedazo de tarta con crema azul pastel y blanca por encima, que me tuvo un par de días con retortijones en la barriga. No obstante no hizo cola. Fue a preguntar –una cosita, un momento– y salió con los mandados hechos. Un espécimen de esa naturaleza no hace cola en ningún mercado de Centro Habana.

Después de eso no volví a verla. A pesar de arriesgar mi vida adentrándome en los dominios del "Romeo y Julieta" para conseguirlo. Se esfumó. Tampoco era que la persiguiera, eso nunca, pero no debía ser tan difícil provocar una nueva casualidad y, sin embargo, no ocurrió hasta que dejé de buscarla y este encuentro sí que fue sorprendente.

Escuchaba *Pop Life* con la luz apagada. Me gusta cerrar los ojos e imaginarme dentro de la música. Coloco el pequeño reproductor Sony alargado y negro detrás de la cabeza de modo que cada altavoz me queda muy cerca de su respectiva oreja (aunque con el estéreo invertido claro). Supongo que es lo más parecido a oírlo con auriculares pero no tengo. De repente oigo como una piedra parece abrir un boquete en mi pared. Desde luego no era cosa de Prince. Me quedo quieto con la atención puesta fuera. Alguien toca desesperadamente en mi puerta. Voy corriendo, abro y es ella que entra como una exhalación sin esperar a que la invite a pasar. Poco a poco los ruidos de la calle se acercan y amplifican hasta tenerlos casi encima. Ella parece asustada (debería estarlo a juzgar por la algarabía del otro lado del estrecho tabique) pero sonríe con picardía. –¿Dónde te has metido so puta?, –Te voy a rajar el culo... a mí nadie me quita el marí'o desgraciá', –Te voy a coger. De mi no se escapa nadie guaricandilla d' mierda... ¡Jinetera! –, eran solo algunas de las lindezas que salían por la boca de una mulata rolliza de pelo rojo y despeinado con los pies sucios enfundados en unas chancletas de plástico verdes; un diminuto y más que ajustado, reventado quizá, *short* de mezclilla roto y descocido y un diminuto "baja y chupa" rosa que, de no ser por llevar ajustadores, sin duda sería incapaz de contener las enormes y gastadas tetas de amamantar. –Mírala ahí. –¿Dónde? –Me parece que dobló la esquina –grita otra extremadamente flaca y todos salen corriendo. –Deja que te coja so puta –Las voces se pierden calle abajo hasta que queda la calma. Ella se tapa la boca, me mira y ríe. No tengo ni idea de qué hacer en estos casos, así que espero incómodo; intentando parecer relajado.

–Estás en calzoncillos –me dice.

Con las prisas no había caído.

–Perdona que... con el jaleo... espera –corro a cubrirme con lo primero que encuentro.

–Esa –dice–, sabe que su marido se babea por mí. Por eso monta todo ese lío –Hace una pausa; quizá intentando organizar su discurso–. Ni muerta –dice.

–Ni muerta qué.

–Que ni loca me enredo yo con ese guanajo.

–Y entonces ¿por qué te seguían?

–Porque me paró por Neptuno y se puso como siempre... en plan baboso. Mira que se lo dije... Si tu mujer te ve atrás de mí la va a montar... y na'... así fue. Empezó a tirarme piedras y a perseguirme. ¿Qué es eso que suena? Está mortal.

–Es Prince... y ¿fuiste tocando puerta por puerta para esconderte?

–No, vine directico pa' ca. Sabía que vivías aquí.

–¿Ah, si?

–Te he visto entrar. Desde el balcón de mi casa se ve tu puerta.

–Ni siquiera sé cómo te llamas. Me llevas ventaja.

–Isis –me dice y extiende su mano tan delicada como esperaba. Tiene las uñas perladas con una perfecta manicura.

–Yo soy...

–Ya sé quien eres... ya te dije que desde mi balcón puedo ver tu puerta –De repente me sentí estúpidamente incómodo. Seguro me habría visto entrando con alguna mujer pero... por qué debía preocuparme. Ella sabía mi nombre, recurrió a mí, estaba en mi casa, de pie, frente a mí.

–¿Quieres un té? ¿Café?

–Café... mejor café.

Preparé café para los dos. Menos mal que tenía. Nos sentamos en la única mesa bajo mi preciada lámpara *art nouveau* y conversamos tranquilamente hasta casi las 3:00 de la mañana.

–Me ha gustado mucho hablar contigo –dijo al despedirse–. Además me gusta mucho tu casa... Bueno, más que tu casa... es el ambiente. Ya vendré por aquí otro día a oír música contigo y a tomar un café... Si tú quieres ¿claro?

–Será un placer. Vuelve cuando quieras –No sabía qué más podía decirle y estuve a punto de cometer una torpeza–. Mejor tú sola –me miró extrañada por la expresión–. Sin comitiva... quiero decir –le aclaré tal vez innecesariamente.

–¡Ah! Sí claro... ¡qué cosas! Eres mi salvador, no lo olvides. Que sueñes con los angelitos –se despidió y me dio un beso en la mejilla.

–Tú también, cuídate.

Así fue ese adiós. Así fue nuestra primera e improvisada cita.

Isis cumplió su promesa. Repitió muchas veces. Al llegar a casa la buscaba inevitablemente en su balcón y ella saludaba con la mano y un rato después aparecía. Siempre radiante, hermosa, dicharachera y coqueta. Hablamos mucho. Así supe de su hermana gemela Osiris que murió en el mar intentando irse del país. Lo harían juntas pero Isis se arrepintió en el último momento. No se lo ha perdonado. Una parte de ella murió con Osiris. –Todo me da igual –dice y la entiendo. ¿Qué puede haber más grave? Le conté que tanto su nombre como el de su hermana provenían de una leyenda antigua egipcia de dos hermanos; aunque evité decirle que Osiris era varón y que se habían casado e incluso que habían tenido un hijo: horus. –A saber de dónde los sacó mi madre... seguro que de alguna película –Su madre vivía con ella pero estaba ida: desde la muerte de su hermana no levantó cabeza. Según Isis pasa todo el día trabajando: –No puede estar ni un segundo sin hacer nada... cuando ya no puedes más se desmaya... Sí, no me mires así. Es como si le diera una lipotimia. Duerme tan profundo que a veces parece que está muerta.

La vida de Isis es simple. No piensa en hacer nada. Quiere ser enfermera, pero no sabe cuándo. –Ya tendré tiempo –dice. A su edad parece que habrá tiempo suficiente para todo aunque me temo que ese aplazamiento indefinido es una excusa. Su "tiempo" ya comenzó la cuenta atrás con la desaparición de Osiris.

Un día vino con una bolsa de ropa en la mano.

–¿Puedo bañarme?... es que en el solar no hay agua desde hace una semana –Ni que decirlo. En el solar nadie tenía baño en su pequeño cuartucho. Había uno solo por cada piso que compartían todos. Sin agua no podía ni imaginarlo.

–Claro que sí, no hace falta que me lo pidas –Ella sonrió con un matiz limpio, sin picardías. Aunque hubiera agua como un manantial, el solo hecho de compartir un baño entre toda un planta de un edificio me pareció una razón más que suficiente para que usara el mío. Entró en el baño, se desnudó y se dio una larga ducha.

No he hablado de ello antes, pero mi casa en realidad era solo una estancia dividida artificialmente en cuatro: dormitorio, baño, salón, cocina. Lo que significa: privacidad cero. El "salón" apenas dispone de un banco y un par de sillas con una mesa para comer. En realidad el único lugar donde se puede estar cómodo es en la cama. Sentados sobre la cama transcurrieron todos nuestros encuentros hasta ese día que, después de ducharse, salió mojada y desnuda y se metió en la cama conmigo. Nunca hablamos de sexo, pero era evidente. Isis sabía que me derretía por ella. En realidad era difícil creer que podría existir alguien a quien no le gustaba. Pero yo era tímido y respetuoso. Nunca pasó por mi cabeza la idea de ser correspondido. Un tipo "normal" en todos los sentidos no puede ser su tipo. Si es que estos monumentos tienen un tipo. No sé si por eso, o por no ir detrás de ella como un perro, o por esa especie de distancia, más de miedo al rechazo que de respeto, pero ocurrió.

Ocurrió esa vez y otras; tantas, que se hizo habitual; con la misma naturalidad con que tomábamos café, escuchábamos a Prince, Cure o Depeche Mode o me hablaba de sus cosas. Incluso alguna vez se quedó la noche entera pero estaba su madre, sus ocurrencias y su vida en "Romeo y Julieta". Fuimos, a nuestra manera, felices.

Un día Isis desapareció. Esperé con ansiedad su regreso durante la semana más larga que recuerde; con los ojos clavados en su balcón; esperando una señal que nunca llegó. Finalmente me decidí ir a verla en medio de la confusión y la preocupación. No quería invadir su privacidad. Habíamos estado "juntos" libremente, sin esperar o pedir nada a cambio. Nada "anormal" que alterase la tranquilidad de nuestros encuentros había ocurrido. Nunca le dije que la quería. Ella tampoco. Pero igual por innecesario porque disfrutábamos estando juntos, conversando, comiendo y fornicando. Una relación poco convencional pero que, sin duda, funcionaba.

No podía quedarme esperando sin averiguar siquiera, a escasos cinco o seis metros cruzando la diagonal de ambos mundos. Así que volví al "Romeo y Julieta", como aquella primera vez que, en busca del *cake*, encontré a Isis. Su casa estaba cerrada con un enorme candado. Había ocurrido una tragedia; seguro. Pensé en Iván y Rainier. Ellos eran todas mis referencias en aquel edificio, pero no fui capaz de encontrarlos. Subí de nuevo y toqué en la habitación contigua. Una señora muy mayor entreabrió la puerta.

–Perdone señora que la moleste –le dije con pena–. Es que he venido buscando a Isis y me he encontrado la puerta con ese candado y hace tiempo que...

–Pasa mijito –me dijo a la vez que me agarraba del brazo y tiraba hacia adentro–. Siéntate, por favor. Ponte cómodo.

La señora se puso de pie a mi lado y me agarró las manos.

–Isis ya no está mijito. Lo siento.

–¿Cómo que no está? ¿Se ha ido? ¿del país?

–No cariño, es peor que eso. Se ha... ha... muerto –dijo… y se sentó, y dejando que el silencio permitiera respirar, contó la historia–. Lo siento.

–Tú sabes que Isis era como un panel rebosante de miel –empezó– siempre rodeada de moscones... Un día apareció uno de esos por aquí... Un tipo casado, dicen, marido de una gordita, bajita, de pelo rojo... Un tipo muy fresco... Yo estaba aquí cuando pasó... Isis estaba sola, su madre había salido desde muy temprano a hacer un recado... Oí cuando le dijo que le dejara en paz, que lo único que iba a conseguir era buscarle problemas con su mujer... A él no le oía muy bien, pero no se iba. Finalmente Isis abrió la puerta y él salió. "Jamás vas a conseguir nada conmigo. Es que no te ves... Yo tengo novio... y tú no me gustas. A ver cómo te lo puedo decir para que te enteres... Debería darte vergüenza andar detrás de mi culo mientras tu mujer anda por ahí persiguiéndote y tirándole piedras a cualquiera que... Que no eres mi tipo...", le dijo una y otra vez de distintas maneras. Yo creo que no quería ser grosera, pero ese muchacho es un cretino. No sé si estaba drogado o qué pero, en lugar de irse... en lugar de irse, la agarró y le espantó un beso en la boca –Tiene que hacer una pausa para no llorar. Se limpia con suavidad las manos– Ella intentó separarlo. El solar entero empezaba a movilizarse con tanto griterío. Tú sabes que Isis aquí era muy querida... Al final, le dio un empujón y lo tiró por el balcón pa' bajo. No lo tiró... Fue un accidente. Cosas que pasan. Cuando luchas por tu honor no estás pendiente de esas cosas... Cayó por esta barandilla y se reventó la cabeza. Formó un charquero de sangre tremendo... tremendo... –No puede evitar las lágrimas y llora con un llanto extraño y silencioso, seco, resignado–. ¡Ay mijo! ¡Ay Dios mío! –exclama mirando hacia el techo de madera desvencijada–. Después vino lo peor. La gente salió de sus casas. Todo el mundo gritando. Tremendo corre-corre. Que si llaman a la policía, que si no. Que si lo llevan al hospital. Que busquen a una ambulancia, a su mujer. En medio de todo ese lío apareció Isis envuelta en fuego. Se echó una lata de gasolina encima y se prendió fuego. ¡Una muchacha tan joven! ¡Tan linda! –Era imposible evitar el dolor. Yo también lloro atrapado entre la rabia, el miedo, la desazón y la impotencia... La impotencia–. Bajó corriendo las escaleras en medio del desconcierto. Nadie sabía qué hacer. Corrió hasta que no pudo más y cayó en redondo. Arístides, el del segundo, le tiró una colcha por arriba, pero cuando llegó la ambulancia era demasiado tarde. Lo peor... y esto no sé si debo decírtelo... lo peor es que no perdió la consciencia ni un instante. Gritaba que buscaran a Waldo, el de la esquina... de Concordia. Al parecer alguien salió a buscarlo, pero no lo encontró. Le dijo que venía en camino, pero para que no sufriera. Dicen que tardó casi veinticuatro horas en morirse... como un cigarrillo que dejan encendido y se va consumiendo lentamente hasta que se apaga. La madre está en Mazorra. Cuando se enteró se quedó... muerta en vida. Muerta de verdad. Así mismo... Como si le hubieran dado al interruptor de una posición a otra. Casi no pudo aguantar la muerte de su otra hija... Osiris ¿Sabes que tenía hermana gemela? Pobrecita –dijo y cerró los ojos, pero no sé si se refería a la madre o a Isis.

Siento como una parte de mí se congela. El fin no está lejos. En realidad queremos creer que lo está, pero convive con nosotros. Está al alcance de la mano. A solo un segundo de distancia. Agarro las manos de la anciana en señal de agradecimiento. Supongo que no volveré a pisar el "Romeo y Julieta". La señora hace un gesto de "Vete con Dios"–. No me has dicho tu nombre –dice. –Waldo señora... Mi nombre es Waldo –«Supongo que era su novio».

Adiós

Me queda un mes de vida. La carta no lleva remite porque prefiero morir pensando que vienes, seguro de no verme. Adiós.

Habitación 2112 de algún hotel, en algún parte.

Blancas/Negras

–¿Y por qué, compañero Blas, no nos habló usted del "problema" a la dirección del partido?

–¿Qué problema?

–¿Cómo que "qué problema"?… ya sé que para usted esta es una situación embarazosa pero… esto es un problema moral y el partido debe, tiene, que tomar cartas en el asunto porque… usted es militante del partido.

–¿Por qué no me tuteas Benítez? Nos conocemos de toda la vida. Estudiamos juntos… ¿recuerdas?

–Lo siento, Blas, pero esto no es una conversación particular. Ahora yo no soy Benítez, sino el secretario general del Partido de la empresa –dice mientras se acomoda en su enorme y mullida silla giratoria, algo desvencijada. Detrás, en un enorme lienzo más o menos realista, el comandante Camilo Cienfuegos sonríe ajeno al tema de conversación–. Esto es una reunión de la que depende tu futuro.

–¿Mi futuro? Pero ¿de qué coño me hablas Benítez? ¡Problema! ¡Futuro! ¿Qué problema se supone que tengo y no he contado al partido? Que yo sepa no tengo ningún problema. No he hecho nada de lo que me tenga que avergonzar, absolutamente nada…

–¿Ningún problema moral?

–¿Moral?... por supuesto que no.

–¿Y tu mujer?

–¿Julia? ¿Qué problema moral tiene Julia?

–Blas… que te conste que esto es muy difícil para mí porque parece que no te has enterado de nada pero… a lo mejor sí y me estás mintiendo.

–¿Me quieres decir de una vez para qué me has llamado?

–Han pedido tu expulsión del Partido. Por eso te he llamado.

–¿Del Partido? ¿Qué he hecho yo por lo que me tengan que expulsar del Partido? Toda mi vida he sido un revolucionario. Me he jodido mucho por esto. Mira mi brazo coño… por poco lo pierdo en Angola. Qué…

–Ya te dije que no se trata de ti, sino de Julia.

–¿Y qué es lo que ha hecho Julia?

–En realidad… no ha hecho nada… se trata, simplemente, de algo inmoral.

–¿Inmoral?

–¿De verdad no sabes nada? ¿Ni siquiera te lo imaginas?

–No tengo ni la más remota idea –«Este es todavía mas tonto de lo que creía» piensa Benito, se acomoda y cambia de estrategia.

–Ahora te voy a hablar, no como el secretario del Partido, sino como al Beni que conoces de toda la vida… Tú, Blas, te chupas el dedo.

–Gracias Beni. ¿Se puede saber por qué?

–Tu mujer te pega los tarros.

–¿Ah, sí?

–Sí.

–Y, suponiendo que fuera verdad… cosa que dudo… ¿desde cuándo al Partido le interesan esas cosas? ¿Es que nos han estado vigilando?

–No Blas. No te hemos vigilado a ti, sino a Julia. Ya te dije que era un problema moral. Un militante del Partido no puede ser un tarrúo.

–Vaya… así que soy un tarrúo.

–Lo siento Blas… pero eso no es lo peor.

–¡Que no es lo peor!

–No.

–¿Y qué es lo peor?… ¿que no lo supiera?… suponiendo que incluso fuera verdad y tuvieras razón… ¿has pensado que a lo mejor no me importa?

–Sí te va a importar y también al Partido. Te repito, Blas, como secretario general, en el Partido no se toleran este tipo de comportamientos... y te lo digo, ahora, como secretario general.

–Vamos Beni, es que te has olvidado de cuando te singaste a Inmaculada, la mujer del jefe de personal, tu secretaria.

–Eso fue distinto. Tú lo sabes porque yo te lo conté, no porque el Partido lo averiguase y además yo, en ese momento, estaba separado de mi mujer.

–Sí, claro, tuvieron una bronca el día anterior, te singaste a Inma nada más llegar a la oficina y, al día siguiente, volviste a mudarte del sofá a tu cama.

–Bueno Blas, lo que tú digas; pero eso ya pasó, no se enteró nadie y eso, además, siendo hombre es distinto. Yo no tengo ningún problema. Es a ti al que van a expulsar del Partido.

–Vamos a ver Benítez… Suponiendo que sea verdad lo que me cuentas y que… además… me acabo de enterar. ¿No te parece que el Partido debería dejar que resolviese mis problemas personales en mi casa y no en tu oficina que, además, es la sede del Partido porque casualmente eres el…?

–No te equivoques Blas. Yo no soy el secretario general por casualidad y… te repito… es que lo que ha hecho Julia es muy grave. Ni se me había pasado por la cabeza que Julia es…

–¿Que Julia es qué?

–Tortillera.

–¿Torti qué?

–Lesbiana Blas, pan con pasta.

–Hola mi amor.

–Hola.

–¿Qué te pasa?

–Me… han expulsado del Partido… deshonrosamente.

–¡A ti!

–A mí.

–¿Se puede saber por qué?

–Según el Partido… tengo un problema moral.

–¿Un problema qué?

–Moral… ¿se te ocurre qué problema moral puedo tener?

–Tú siempre has sido un hombre íntegro, Blas. Tú no tienes ningún problema moral… pero… vaya… creo que sé por dónde van los tiros… el problema… soy yo. ¿No es así?

–Eso dicen. El obtuso de Benítez me dijo que me eras infiel y lesbiana. ¿Tú te crees? ¿De dónde coño ha sacado eso? Siempre ha sido un lameculos rastrero pero esto… esto es un golpe muy bajo. Aquí se han pasado. ¿No te parece?

–Blas… hace tiempo que quiero decirte algo pero… resulta… que nunca sé por dónde empezar.

–¿Decirme qué?

–Pues… quería hablarte de eso… de mi sexualidad.

–¿Qué problema hay con tu sexualidad?

–¿Cuándo fue la última vez que nos acostamos Blas?

–Yo que sé. ¿La semana pasada? ¿Hace dos? Llegamos cansados… tarde… reuniones de esto y de lo otro… los niños… las preocupaciones… ¡Llevamos casi veinte años juntos Julia!

–Efectivamente Blas. Llevamos juntos toda una vida y… quiero que sepas que… que tú eres lo más importante de esa vida pero… hace un tiempo… medio año a lo mejor… me pasó una cosa… y es lo que no he podido compartir contigo… lo siento Blas. Me siento sucia.

–¿Sucia por qué? Vamos Julia… desembucha…

–Yo no soy una lesbiana Blas.

–Eso ya lo sé. No hace falta que me lo expliques.

–Ni tampoco te he traicionado.

–Eso tampoco me ha pasado por la cabeza.

–Sin embargo… las cosas no son blancas y negras… como en un piano.

–Las cosas no van bien con Benítez en el Partido. ¿Sabes que le amonestaron por pegar a su mujer? Le puso el ojo morado… Fue un ataque de celos… sin embargo… ella lo negó. Si lo hubiese admitido lo habrían expulsado, pero lo negó… aún así… era tan evidente que no pudo evitar la amonestación. Supongo que trama algo para desviar la atención. Sabe que a su secretaría general le queda menos que a un noticiero. Entonces… ¿de qué va esa historia de tarros y lesbianas?

–Prométeme Blas que me escucharás hasta el final… sin interrumpirme… ni juzgarme… Sí Blas… prométemelo.

–Ok… prometido. Vamos… desembucha.

–Te decía que hace más o menos medio año me pasó algo que no fui capaz de decirte entonces y… tampoco estoy segura de poder hacerlo ahora; pero lo voy a intentar, porque no hay un día en el que no me sienta sucia y despreciable por no habértelo dicho.

–Te escucho. ¿Qué te pasó?

–¿Te acuerdas de Inma?

–¿Inmaculada? ¿La secretaria de Benítez? ¿La mujer del jefe de personal?

–Sí. Esa misma. ¿Cuándo fue que la viste por última vez?

–La verdad es que no lo recuerdo pero… sí… es cierto que hace mucho… un mes por lo menos… que no la veo.

–La botaron.

–¿La qué?

–Su marido… ex marido y Benítez… la trasladaron a la planta de Moa. Pero eso fue un despido en toda regla… La exiliaron en Moa. ¿Sabes por qué?

–No, pero… puedo imaginarlo.

–Inma odiaba a Álvaro… su marido. Un día, en plena bronca, le dijo, literalmente, que se la chupaba a Benítez… que lo iba a contar a todo el mundo. Que Benítez no era el único. Que había estado con más de uno y con más de una. Que lo iba a contar todo porque estaba harta de ser la puta de la película. Álvaro llamó a Benítez… estuvieron hablando… toda la mañana encerrados en su despacho. Los dos gritaron… se acusaron… se amenazaron. Al final entró Inma y al ver aquellos dos machotes decidiendo por ella lo contó todo… cumplió su amenaza. Cuando Benítez se enteró que su amante era bisexual montó en cólera. Le dio un piñazo a la puerta que le abrió un boquete. Le tiró un pisapapeles de bronce de Martí con tan mala puntería que le dio al cuadro del Ché encima de los archivadores. El estruendo fue tal que enseguida vino la gente a averiguar qué pasaba. Tuvo que calmarse a la fuerza… para no delatarse. Les dijo que había sido un simple accidente… que había chocado el cuadro con el hombro y los sacó a todos arengando que había mucho por hacer para cumplir los planes para estar chismeando por allí. Al final la decisión fue trasladar a Inma a Moa. En realidad la ascendieron… de secretaria a supervisora de una línea de producción… algo relacionado con el control de calidad. Benítez y Álvaro no se hablan… más bien se temen y se odian. Con lo que cada uno sabe del otro pueden enterrarse para siempre; así que tienen una especie de pacto de silencio… de no agresión.

–¡Vaya! Ya veo que últimamente estoy tan ocupado que…
¿Y tú, cómo sabes todo eso?

–Espera… Prometiste no interrumpirme.

–Lo siento.

–Un día vino a rehabilitación Inma. Me dijo que trabajaba en tu empresa… que te conocía… que tenía una tortícolis terrible y no podía ni moverse. Le hice un masaje y le pedí que volviera… que necesitaba unas cuantas sesiones. Ese día estuvo muy simpática. No paró de hablar y de halagarme. Que si parecía mucho más joven de lo que era. Que si tenía unos ojos azules preciosos. Que si mis manos eran divinas… en fin… nada raro… pero tampoco común. La vez siguiente… sin que le dijera nada… se desnudó y se acostó boca abajo en la camilla. Le dije que no hacía falta. Le quise poner una toalla por encima, pero ni siquiera teníamos una toalla limpia que ponerle en ese momento. Esta vez, mientras le masajeaba, tampoco paró de hablar pero la atención de su conversación iba hacia ella. Me habló de su piel, de su culo, de sus piernas. Yo le pedí que se estuviera quieta y no hablara porque en realidad me estaba poniendo nerviosa. Tenía un cuerpo suave y terso, unas curvas muy sensuales: como no había visto ni tocado, jamás. Esa mujer no tenía ni una gota de celulitis, ni una mancha… Todo su cuerpo era perfecto. Me preguntó si la próxima vez podría venir a última hora… que le era imposible antes y… no sé por qué… acepté. Llegó justo diez minutos después que todos se habían marchado. Repitió el ritual… se quedó desnuda… se acostó en la camilla y me pidió que bajara la luz… que así podía estar más relajada. Nunca, Blas, me había pasado nada similar pero, sin oponerme fui satisfaciendo cada una de sus exigencias. Comencé el masaje en el cuello. Me pidió que continuara en la espalda y en los glúteos. Mientras, no paró de hablar. Me dijo que se encontraba mucho mejor, que tenía unas manos prodigiosas, que esos masajes le provocaban más satisfacción que cualquier caricia de su marido. Yo intenté concentrarme en mi trabajo pero, tocando aquel cuerpo tan delicado de una mujer tan linda, diciéndome todas esas cosas, la verdad es que me sentía confusa… Blas, lo siento, pero no digas nada por favor… me es muy embarazoso contarte todo esto pero, ya que he empezado, voy a llegar hasta el final… Me sentí muy rara porque en el fondo disfrutaba provocándole placer a aquella mujer. Sin darme cuenta apenas se dio la vuelta, me cogió la mano y se la metió en… bueno… ya sabes. Estaba empapada. Con la otra mano me tiró hacia ella y me besó mientras movía mis dedos por su clítoris y se retorcía gimiendo. Todo ocurrió muy rápido. Se vino varias veces y, cuando me vine a dar cuenta, tenía la bata abierta y ella chupándome los pezones. Cerré los ojos y pude sentir un placer como nunca antes, Blas. Lo siento… pero me tocaba y acariciaba de una manera tan especial que no pude evitar venirme. Metió su mano por debajo de mi blúmer… yo también estaba ardiendo…

–Creo que ya es suficiente.

–No, Blas… déjame terminar. Necesito contártelo todo.

–Esto es muy duro, Julia.

–Ya lo sé. Y es algo que jamás había imaginado y que nunca volvió a pasar… escucha, por favor. Aquel día tuve varios orgasmos. Algo que ni siquiera creía posible. Fue una sensación tan extraña como increíble. Cuando por fin aquel cuerpo se despegó de mí y abrí los ojos y pude verla estuve a punto de desmayarme. La fuente de todo ese delirio era aquella mujer. Me sentí sucia. Le pedí que se fuera y que no volviera nunca más. Y así lo hizo, excepto cuando la trasladaron; necesitaba contárselo a alguien y, no sé por qué, vino a verme. Se desahogó, se disculpó y se fue. No he vuelto a verla en la vida pero… no he podido dejar de pensar en aquella… experiencia. Ni un solo día, Blas. No me gustan las mujeres. No soy una lesbiana. Nunca la quise. Apareció y desapareció como una fuga en un piano. Pensé contártelo. Sin embargo, no he sido capaz hasta ahora. No quería hacerte daño… ni destrozar mi vida… mi familia. He sentido mucho miedo Blas… ahora mismo estoy aterrada por lo que… esto… pueda cambiar nuestras vidas…

–¿Cómo esperas que asimile todo esto Julia?

–No lo sé. Esa es, en el fondo, la razón que me impidió contártelo. Porque no quiero que hagas nada. No quiero que cambie nada. Inma habló más de la cuenta… acosada, acorralada, como un animal encerrado berreó y desbarró para hacer daño… y lo consiguió. Nadie me ha seguido. Nadie ha pedido tu expulsión del Partido. Álvaro ni siquiera es militante. Todo eso es cosa de Benítez. Seguramente ha metido el veneno en el núcleo del Partido y con eso es suficiente… una insinuación de ese tipo basta. ¿Es que ha caído en desgracia?

–Hace tiempo se habla de una sustitución. De hecho en el municipio me habían preguntado si estaría dispuesto a ocupar su cargo.

–Ya ves.

–Ya, pero el daño está hecho. ¿Qué vamos a hacer ahora Julia? ¿Qué podemos hacer?

–No lo sé, Blas. Ojalá nunca hubiera pasado… ojalá pudiéramos superarlo… ojalá haya una forma de sobrevivir.

–Oye, Blas. ¿Qué te parece Martina?

–¿Martina? Parece un nombre ruso.

–Pues viene de Martí. Martí, pero en femenino. Es lo que quiere tu hija.

–Entonces me parece bien. Martina es un buen nombre.

–A mí me gusta.

–Dile que a mí también.

–Sabes, Blas…

–¿Qué tengo que saber?

–Ya no me siento sucia.

–Por favor, Julia…

–Quería que lo supieras.

–¿Por qué sigues dándole vueltas a eso?

–Porque soy feliz, Blas. Muy feliz.

Comandante mancha de plátano

Muere en extrañas circunstancias el comandante rosca izquierda, también conocido como mancha de plátano, a causa de un traumatismo cráneo encefálico provocado, presuntamente, por una cáscara de la preciada fruta tropical.

Pecado original

Toda palabra, es una palabra de más.

Samuel Beckett

Ella subió desnuda a la azotea del albergue para coger sol convencida que, en ese momento, era el único ser que habitaba la escuela. Es fin de semana. Todos se han ido "de pase" pero ella es guajira y no tiene casa donde regresar el fin de semana. Solo le queda disfrutar de la soledad y algún paseo desde el Biltmore hasta el Coney Island. Así… todo el año. Siempre sola. Con el tiempo descubrió el enorme placer de acostarse desnuda sobre las tejas a coger sol. En esa posición, las gotas de sudor se rinden a la gravedad y bajan, recorriendo todos sus recovecos, hasta precipitarse al suelo. A veces satisface la tentación de organizarlas en pequeños hilos gruesos hacia canales más concretos de evacuación; pero es una operación delicada que le obliga a "sufrir" la tortura deliciosa del azar. Cualquier movimiento impropio puede hacerle perder el equilibrio y caer sobre un césped mal cortado desde una altura de casi tres metros. Mejor masturbarse sin riesgo, total: tiene más tiempo y espacio que el necesario.

Él tampoco pensó encontrarla. Estuvo más de medio curso detrás suyo, demostrándole su obsesión en cada oportunidad sin el más mínimo éxito. –Yo ahora no pienso en eso. –A mí el que me gusta es Estévez. –¡Déjame en paz chico! –Te estoy cogiendo una "tirria" –pero nada de eso bastó. Él no se dio por enterado y persistió. No vive cerca pero, ese día, que ella subió desnuda a la azotea del albergue para coger sol convencida en ser el único habitante de la isla, él decidió sobre entrenarse y correr los más de 20 kilómetros que separan su casa de la enorme mansión-albergue de tejas rojas. Ella le dijo que no estaría; que se iba a casa de una amiga. Estaba seguro pero pasó por allí igualmente, como si no fuera razón suficiente, y vio una escalera y ropa debajo.

Subió tranquilamente, con cierta curiosidad. Al llegar al borde del tejado pudo contemplar lo que tantas veces había soñado e imaginado. Todo lo que suplicaba poseer estaba ahí: dos piernas largas, perfectas y húmedas convergían en un casi ralo y musculoso coño. Ella sintió, probablemente, los ojos intrusos. Se irguió irresponsablemente y dio de lleno con su cara. Un pequeño gesto sin cálculos le costó un lubricado desliz vertical, que no siguió al vacío, gracias al obstáculo que encontró su sexo en la cara de él. En esos interminables segundos de tensión, ninguno de los dos pudo pensar con claridad. Todo intento de deshacer la situación perversamente vergonzosa fue tan torpe que solo generó reacciones completamente fueras de control. Ella giró. Al sentirse ingrávida apretó las piernas. Él perdió la visión. A ciegas intentó agarrarse y alcanzó simultáneamente las tetas y el culo de ella quien, a su vez, liberó las uñas de sus escasos puntos de fijación para clavárselas a él y fue ahí, en ese preciso momento, cuando, confundidos en una sola masa, se precipitaron sobre la hierba. La escalera colaboró en la caída sistemática y óptima enganchando el *short* de él lo justo para dejarlo en cueros. No hubo daños. Ella cayó encima con el enorme miembro de él a dos centímetros de su boca latiendo con desespero: a tono con los acontecimientos. Fue entonces cuando se dio cuenta que, debido a su posición, la cara de él debía tener una vista íntima similar.

Pudo decidir levantarse y salir corriendo, darse la vuelta y abofetearlo, gritarle improperios, destrozarlo a patadas. Pudo racionalizar el hecho e intentar articularlo en un diálogo. Pero algún impulso incontrolable, vital, le hizo columpiarse en la cara de él y lamer su miembro sincopadamente. Quizá por la calentura, por el sudor, por lo estrambótica de la situación, quizá por nada… se dejaron llevar. Se lamieron, sudaron, besaron, penetraron, hasta que el cansancio y el ardor de sus sexos, varias horas después, les impidió seguir. Solo así fue posible. «¿Solo así?», se preguntó ella. ¿Por qué había estado todo el tiempo obsesionada detrás de alguien que se fijaba en todas menos en ella, mientras rechazaba a uno que solo tenía ojos y palabras para ella? ¿Por no ser tan popular? ¿Por tener ese ridículo nombre imposible de apocopar? ¿Por esa piel tan negra? ¿Por ser tan silencioso y pesado? «¡Qué loca estoy!».

Desde entonces, sin mediar palabra que atentase contra la magia del "destino", siguieron juntos hasta que salieron de la EIDE, acabaron el pre en la ESPA (Escuela Superior de Perfeccionamiento Atlético), se retiraron del deporte, salieron de la universidad y se fueron del país. El ritual sigue intacto. El encanto sobrevive incluso, gracias a la tecnología, cuando algún compromiso profesional interrumpe brevemente el pecado.

Dot matrix

El tiburón empujó suavemente la pierna tersa y ensangrentada de la deliciosa señora y se dio la vuelta. En las Bermudas, el cielo tiene un color naranja plomizo y el agua parece un caldo lechoso. En Barbados, el agua del mar llora cada vez que un avión la sobrevuela y, en la Habana, parece una sopa dormida que, apenas detrás de la línea del horizonte, se enfurece con olas de más de tres metros de alto y fríos de una profundidad salvaje. En la playa hay un niño llamado Gus que teclea sin parar en una máquina de escribir Olivetti. En realidad es una impresora *dot matrix* con un teclado pegado encima, sin pantalla. Escribe sobre dos músicos, H. y P., que viven en el fin del mundo: un lugar donde no pasa nada; donde los tiburones solo muerden para que no se les caiga los dientes, pero devuelven amablemente las partes substraídas; donde no hay contaminación porque tampoco hay coches, ni helicópteros, ni trenes, solo bicicletas chinas y gente andando; donde las mantas simulan ser aviones y siguen su camino; donde los chicos no se pueden disfrazar de mujer ni en los carnavales, ni las chicas de hombre ni siquiera en los funerales; donde en el museo de la revolución tienen embalsamada la cáscara de plátano que supuestamente pisó el comandante rosca izquierda (mote puesto debido a una exótica virtud de parecer aflojar cuando en realidad apretaba) también conocido por mancha de plátano (porque no se quita; a pesar de la confusión que puede traer el incidente atribuido a las extrañas circunstancias de su muerte) y una cuchara que impidió a una bala provocar la muerte de Camilo Cienfuegos y también fotos y objetos personales (y ninguna/ninguno de Huber Matos; que también fue comandante de la revolución) y un grafiti donde, en lugar de *spray*, el héroe (sí, en este museo los autores son héroes, no artistas) usó su propia sangre para garabatear "Fidel" (que, según Bolztmann, tendría una entropía $S = k \ln P$, tan baja, que se podría considerar un hecho alejado del equilibrio); donde a las guaguas conformadas por restos de dos autobuses les llaman *camellos* y a los coches compuestos por dos restos de Lada *limousine*, y a los autobuses o restos de autobuses (sin aditamentos especiales) *la película del sábado* (por aquello que el sábado por la noche ponen copias piratas de películas de sexo, violencia y terror); donde solo tenían dos canales de televisión sin una clara diferencia entre ellos (sobretodo cuando arengaba el comandante mancha de plátano) y al que se ha sumado un canal educativo (donde se aprende inglés con frases revolucionarias y de educación formal e historia con solo aquellas partes aptas, limpias, para los futuros revolucionarios)… un mundo al revés donde tú eres ajeno y todo lo demás, el centro; el sonido se oye fuera, débil, lejos, inalcanzable y no pasa nada; un mundo donde estás a salvo y en peligro, en protección y extinción, fifty/fifty. Habla de un barco perdido, cerca de una isla perdida; donde apareció un hombre perdido, con palabras perdidas que una botella arrastró hasta la playa. *Este es el fin del mundo* –escribe– *un lugar donde no pasa nada, del que todos quieren escapar… y no pueden.*

Como si me hubieran extraído el alma

Genio demanda a científicos de la Universidad de Teesside en Middlesbrough, Inglaterra por vaciar su "disco duro".

Los científicos que hace tan solo medio año sorprendieron al mundo con su máquina para leer el pensamiento π, vuelven a ser noticia. Fuentes de información británicas han relevado la acusación judicial del genio "conejilla de indias" que se sometió voluntariamente al experimento. La deshidratación, primer efecto colateral imprevisto, aún no ha sido del todo resuelta; si bien es verdad que el denunciante ha recuperado sus líquidos vitales a niveles "normales" la grave pérdida muscular sigue su evolución. –Me estoy secando literalmente –ha comentado a la agencia de noticias World Press. El Sr. Basquiat, líder del proyecto declaró recientemente: –Ha sido un error humano, en lugar de *copy & paste*, se hizo un *cut & paste*. Estamos trabajando para enmendarlo pero parece tratarse de un fenómeno irreversible... El demandante se siente vacío. –Como si me hubieran extraído el alma – comenta–, el daño es irreparable... han absorbido toda mi creatividad... me han convertido en un zombi... para qué un cuerpo sin alma.

La opinión pública critica tal tipo de experimentación. –No se debe jugar a ser Dios –dice un jubilado londinense mientras la BBC habla de "transgresión biotecnológica". "La decadencia del capitalismo trasciende al liberalismo biotecnológico. ¿Es que vale todo?", reflexiona el diario Granma de Cuba en una pequeña reseña. En Youtube un vídeo casero del afectado bate todos los records superando las 246 millones de visitas conseguidas por el videoclip "Baby", de Justin Bieber, en menos de 5 meses (quien a su vez destronó a Lady Gaga).

Lo cierto es que un entorno muy cercano al Sr. Basquiat comienza a preguntarse si su descendencia: ¡cuatro gemelas de distinto color! no es más que una simple casualidad. Cuando el matrimonio dio a luz a sus pequeñas bicolor la noticia conmovió al mundo pero, cuando el hecho se repitió, siete años después, puso en alarma a más de un científico al tanto de los experimentos del Sr. Basquiat que ante tales insinuaciones se defiende: –El límite de la ciencia es transcender la impertinencia.

Another day in the life

Vaya… por un día que no voy a la *farmy* y la que se lía. Morcheba no recoge los huevos, Tuka no ordeña las vacas y Orfy no riega los cultivos. ¡Que *stress*! Sin *cash* y todo a punto de marchitarse. Si pudiera dejarlo te juro que… pero bueno… ¿pero qué hace Pingüi con los cerdos? Ven acá pajarito… a tu sitio. A buena hora me he metido en esto. Bueno… creo que por hoy… poco más… es suficiente. Y es que tengo muchas cosas que hacer y la vida es corta.

Me ha dicho Lupe que han abierto una *boutique* nueva de complementos muy cerca de la Dresden Gallery. Es que necesito un collar para el vestido malva. Alguna vez he pensado que con el dinero del chalet podría montar un restaurante de comida japonesa pero claro… menuda tontería. Si pudiera vender o traspasar la *farmy*. Es que me encanta el sushi y la tempura. Debe ser por aquí… vaya… si es Eywa. Parece nombre de chica pero no… es "mi" chico, guapo, *fashion*… me vuelve loca.

–Hola Eywy.

–Hola Nancy.

–Nancy no… Fancy –mira que es gracioso… no hay manera que aprenda mi nombre.

–¿Qué haces por aquí? ¿Vas a la expo?

–Bueno –quedaría fatal decirle que voy de compras… pensará que soy una cursi ignorante–, sí. Me ha dicho Neyriti que inauguran una itinerante.

–No lo sabía.

–Vale… pues… si quieres podemos ir juntos –¡toma! Punto para mí. Jamás pensé que podía adelantarme a alguien en algo como esto. Ahora falta que la pava de Neyriti no se haya equivocado… quedaría fatal.

–En realidad no pensaba ir pero… tampoco tengo mejor cosa que hacer… no quiere decir que solo voy por eso sino… Dios mío…

–Lo he pillado Eywy… calladito estás mucho más guapo… que no… que es broma. Venga… vayamos a la expo –y reza porque no se agoten los collares Di'Agnello.

–Oye Fancy… ya no sales con ese Toruk… Toruk Mato.

–¡Qué dices! Eso es ya es historia antigua.

–Entonces… ¿crees que podríamos salir juntos alguna vez?

–¿No es acaso lo que estamos planeando ahora mismo?

–Si claro… bueno me refería a compartir más…

–Alto Eywy, *stop*, vayamos despacio.

–Es que me gustaría…

–Genoveva ¡Genoveva!

–¿Qué quieres mami?

–Tienes que llevar los perros a la peluquería… ¿o es que se te ha olvidado?

–O sea que tengo que dejar lo que estoy haciendo, que es mucho más interesante, para llevar a peinar a los perros.

–Son tuyos nena. ¿O es que no lo recuerdas?

–Oye Eywy… lo siento pero vamos a tener que dejar el museo para otro día. Problemas del mundo real reclaman mi presencia.

–Adiós Fancy. Piénsate lo de salir.

–Ya veremos. Mañana será *another day in the life*.

–Nancy… ¿te quieres casar conmigo?

–Fancy.

–Perdona… es que… son los nervios… ¿qué me dices?

¡¿Que qué te digo?! ¿Qué te puedo decir Eywy? Llevamos saliendo ya un año. No queda rincón en este ciberespacio que no hayamos pisado juntos. Nos han echado de más de un restaurante por besarnos con desenfreno (eso que la obscena de Tuka diría… morrearnos). Por poco nos pillan haciendo el amor en el ascensor azul de la torre del deseo (eso que Tuka diría… follando. ¡Qué ordinariez!). Todavía tengo que agradecerle el dato a la pava de Neyriti de aquella estúpida exposición a la que ibas Eywy. ¿Que qué te digo?

–Bueno… ¿qué me dices?

–Eso es algo que tengo que pensar seriamente Eywy.

–¿Por qué? ¿Es que no me quieres?

–Claro que te quiero… ya sabes que estoy… colgada por ti; pero no es eso. Ahí afuera hay un mundo real. ¿Quién eres tú realmente? A lo mejor un polígamo binario o un…

–¿Quieres una prueba? De eso se trata. Dime que sí y te doy toda mi información.

–¿Me quieres de verdad?

–Quiero pasar el resto de mi vida digital contigo.

–Pues entonces… mi respuesta es… sí.

La boda fue por todo lo alto. No cabía un avatar. Mi vestido era un diseño sencillo de Klauxpukly con un único adorno en mi cuello más precioso por su pequeño secreto que por su precio: un collar Di'Agnello. Nunca fui más feliz. Ni ese día, ni todos y cada uno de los días durante los dos años terrenales siguientes. Todo fue idílico hasta que Eywy lo estropeó todo sin más.

–Quiero el divorcio.

No hay nada peor que no saber pero cuando lo haces es como si de repente alguien, por sorpresa, a traición, apagara el interruptor. Te quedas con cara de gilipichis. Muerta mientras respiras. Definitivamente seca. Te odio Eywy. No sabes cuánto, ni cómo. Con una intensidad que supera la escala Richter. A su lado, un tsunami es solo una pequeña marejada, una explosión nuclear un petardo de feria, un... Tienes que morir. Tienes que desaparecer como yo lo hago aunque, lamentablemente, aunque no sea tan despacio como me gustaría. Tengo toda tu información ¿recuerdas? Me la diste como prueba de amor y ahora será suficiente para *hackear* el sistema y borrarte. Si es que hasta el mundo virtual es pequeño. Tu estúpida vida artificial llegó a su fin Eywy. No podrás dañar a nadie más.

Ya está todo listo. Solo tengo que darle a una tecla. ¿Qué me dices Eywy? ¿A que no te lo imaginabas? El mismísimo Toruk se ofreció a ayudarme. No eres más que un montón de mierda binaria y ahora serás... nada. Tic.

–Genoveva ¡Genoveva!

–¿Qué pasa ahora mami?

–¿Qué broma es esta nena?

–No sé de qué me hablas mama.

–Esta es una citación ante el juez... te acusan de intrusión informática... sabes... no tiene gracia –«supongo que no la tiene mamá», claro, pero no sabría muy bien por dónde empezar a explicarte. «Ya sé que me crees incapaz de cometer un delito que requiera saber más allá de lo que me enseñan en el cole pero así es mamá... y no atenúa la pena que la ayuda sea de un avatar. Ni siquiera te imaginas que tu niña sea, con solo 16 años, una divorciada asesina. Así son las cosas mamá»–. ¡Santa María madre de Dios! Voy a llamar a mi abogado. Deja que se entere tu padre.

Yo me siento en la cama sin saber muy bien qué decir mientras acaricio el suave pelaje de mi perro. Morcheba dice que en esos casos es mejor no abrir la boca. No alcanzo a imaginar cómo pudo suceder esa conexión entre mis vidas pero… ya se arreglará y mañana, seguro,… será "another day in the life".

El verdugo

El condenado se resistió hasta el colapso sin comprender que en su muerte me va la vida.

Fifty/Fifty

–Hola, buenos días, ¿es usted el Sr. Basquiat?

–Sí… ¿quién es?

–Le habla la Señorita Richardson, enfermera del Middlesbrough…

–¿Qué ha pasado? ¿Ya nacieron las gemelas?

–Sí Sr. Basquiat, hace apenas una hora, …

–¿Cómo fue todo?¿Están bien?

–Sí señor. Todas están bien: tanto la Sra. Blair como las niñas… solo qué…

–¿Solo que qué?

–Me ha pedido su esposa que le informe de un pequeño detalle, una insignificante anomalía, para que se prepare…

–¿Para que me prepare? ¿Ha pasado algo?

–Sí, digo… no. Bueno… si y no. No ha pasado nada malo, si a eso se refiere, pero si algo… muy extraño, y es que cuando llegue, probablemente en el Hospital habrá muchos periodistas y, quizá, le hagan preguntas que… puede que le parezcan… raras.

–¿Pero qué es lo que quiere decir? ¿No dice que todo está bien? ¿Qué es eso a lo que me tengo que "preparar"?

–Pues… que una niña es blanca y la otra es negra.

–¡Qué!

–Como le digo.

–¿Está segura?

–Así es Sr. Basquiat, pero ya sabe… son cosas que pasan… Discúlpeme pero ahora tengo que dejarle. Muchas felicidades. Hasta luego.

–Son cosas que pasan –ha dicho. Lo mismo que Roger, tu colega –En una transición de fase, el proceso puede derivar hacia un estado u otro… una bifurcación, *fifty/fifty*… son cosas que pasan –eso dijo. Tienes que salir corriendo para el Hospital pero no puedes hasta que termine este experimento y llegue Roger… ¿media hora? Bueno, tampoco es tanto. Las niñas están bien, eso es lo más importante–. Son cosas que pasan –es la frase preferida de Alison cuando algo sale torcido; justo al revés de como estaba previsto; que no me refiero a tus hijas claro–. Son cosas que pasan –es lo primero que sale de la boca de Alison Blair. Simplemente "Son cosas que pasan". Aún tienes tiempo así que: por qué no echas un vistazo en Internet. Abre Google y escribe: "gemelos", salen 12 300 000 enlaces, demasiado genérico, qué tontería, mejor "gemelos dos colores", 2 570 000, bueno... esto ya es otra cosa. En los primeros hiperenlaces no hay nada relevante aunque… sí, si, lee este…

Existe una probabilidad muy baja, del orden de uno entre un millón de gemelos con pigmentación de la piel diferente, respecto a una entre quinientos en mellizos. Es solo un fenómeno anómalo…

¡Anómalo! Anómalo es todo lo que ocurre lejos del equilibrio. Anómalo es que compartan la misma huella digital, el hermafroditismo, el gigantismo, el enanismo, los síndromes de… el mundo es anómalo, entropía/negentropía, ying/yang, caos/orden, *fifty/fifty*. Calma Bobby.

El embarazo de gemelos, los que son realmente idénticos y conocido en términos ginecológicos como embarazo monocigótico o univitelino, se produce cuando… bla, bla, bla, pero si la división sucede entre el cuarto y el octavo día (el 75% de los casos), cada feto… bla, bla, bla, bla.

El embarazo de mellizos, bicigótico o bivitelino, se produce por… bla, bla, cada feto tiene su bolsa amniótica y su placenta y podrán ser del mismo sexo o no. Su parecido será como el de dos hermanos que hayan nacido en diferentes partos y son también conocidos como gemelos fraternos.

Vaya rollo… ya lo sabías. A ver este otro…

Se puede dar el caso de mellizos, provenientes de dos óvulos distintos que haya sido cada uno fecundado por dos hombres distintos, ya que la fecundación pudo haberse dado con horas de diferencias. Por lo tanto en un mismo parto nacen dos niños de diferentes padres.

Pincha aquel de abajo…

Los responsables de la clínica destacan que al producirse el embarazo la mujer ha tenido una doble ovulación, lo que dio lugar al posterior nacimiento de los mellizos.

Más de lo mismo. Esto no te interesa ¿verdad? Por qué no pruebas con "gemelas dos colores dos veces", ¡0 resultados! Bueno… supongo que ya te habrás hecho a la idea, ¿no? "Son cosas que pasan". ¿Y a ti qué te parece?

Desencuentros cercanos

Señores y señoras… hoy nos ha reunido aquí a todos un gran escritor… un hombre que no sé cómo se las arregla para conservar a todas las amistades y enemigos que ha ido sumando a la largo de su peregrina vida (risas)… No conozco a nadie que le resulte indiferente… con Gómez, la lucha de contrarios pone en crisis a la dialéctica (risas)… La bondad no presupone la existencia de la maldad y… este enigmático hombre… que se auto define como un "recoge cabos", así de modesto, es una imán potente que nos ha atraído hoy hasta aquí desde los más diversos lugares y orígenes: Minas, Bogotá, Sevilla, Santiago, París, etcétera… y el motivo… es este hermoso libro que tengo en mis manos: "Desencuentros Cercanos". Esta novela, aunque corta y fragmentada en historias que parecen no tener continuidad ni coherencia, es un canto a… como no podía ser de otra manera... a la contradicción humana, al irremediable "destino" que asecha tras el tiempo. Aunque son muchos los personajes que viven puntos de no retorno, de ruptura, con siglos de diferencia, desde las más recónditos parajes (incluso un extraterrestre y un vampiro)… es imposible no advertir la voz inconfundible de Gómez.

El padre y cura que abandona a su hijo porque es el mal menor que puede causarle... mucho peor que confesarle sus impulsos pederastas. El drogadicto que nunca llega a saber por qué le deja su compañero de la calle: él escribe una carta donde confiesa su remordimiento y vergüenza por inocularle el virus del SIDA compartiendo jeringuilla y sexo con un desconocido, un tal Marcos, en el metro... sin embargo, la mete en una botella y la tira al Manzanares y a continuación desaparece. Su viejo amor y compañero de la calle... con el que se fue del pueblo apenas siendo virgen, aún ni siquiera sabe que está enfermo y reza para que él, esté donde esté, se encuentre bien. La hija abandonada en plena escapada frente a las vías del tren (como metáfora de la "duración"). O la historia del etarra que, por un imperceptible error técnico, provoca que su pareja pierda las manos: ella nunca lo sabrá pero le perdona un exilio que atribuye a causas políticas. Él huye a Cuba y, metido en todo tipo de acciones buscando la muerte, consigue la gloria y el reconocimiento de los suyos hasta que, años más tarde, confinado como estaba, sin identidad, ni pasaporte, decide convertirse en el primer extranjero en huir de la Isla: roba una pequeña embarcación y, no se sabe bien por qué, en lugar de llegar a Miami, termina en Caracas interceptado por los guardacostas de Chávez para ser entregado posteriormente a Zapatero. Incluso el extraterrestre... un ser curiosamente ecologista, se inmola por un desconocido vampiro. Solo la bondad hace posible el sacrificio; incluso por un extraño. El ser humano ha construido un mundo maravilloso a la vez que horrible. Es capaz de morir anónimo y de matar sin piedad... siempre fue así y así seguirá siendo... esa es su naturaleza... Sin embargo, en todas estas historias el mensaje es preciso... merece la pena. La felicidad, por efímera que sea, es eso.

La vida –como canta John Lennon– es eso que pasa mientras te empeñas en hacer otros planes.

No quiero pasar por alto esa historia del buzo que sueña con ser un pez. Su egoísmo hace de su hogar un infierno hasta que, finalmente, desaparece en el mar, un día de tormenta. La historia la cuenta una viuda sin voto pero con voz… una mujer que sobrevive a la estupidez del marido y debe ocupar su lugar… pescando para que su familia no muera de hambre. Años después descubre su pasión incontrolada por el mar y perdona al difunto. Sabe que su destino es irrevocable y le planta cara.

Su último proyecto, si se me permite contarlo (risas)… es una novela sobre las peripecias de dos músicos cubanos: H. y P. que viven en un mundo al revés para los que el azar lo es todo, un viaje al equilibrio del caos, al exilio interior involuntario, a la tensión inter cultural, en definitiva, un viaje a la arbitrariedad. Pero me reprimo de contar más acerca de esta apasionante entrega que empieza y termina en La Habana… como diría el poeta Mafhud Massis "rodando sobre el mismo punto".

Todas estas historias hablan de vidas llena de encuentros y desencuentros, cercanos y lejanos, amor y odio. Pero no teman… los que aún no han podido leer el libro (risas) y los que se reconozcan en él (más risas). La literatura es ese discurrir entre las historias, los devaneos, insinuaciones y señales que van tejiendo un discurso sólido y compacto… a veces fábula, por qué no decirlo, a veces milesia. Un entramado complejo de citas y parábolas que convergen en la esencia humana, en la fragilidad y la perplejidad del momento. No os preocupéis. Cuando un libro llega a manos de un lector la historia le pertenece. Nuestras preferencias, arraigos, acerbos nos llevarán quién sabe a qué derroteros… y ahora sí, sin más, os dejo con Gómez: nuestro autor. Muchas gracias (aplausos).

La rueda

La rueda puede ser una espiral: solo depende de la perspectiva.

Liw liw, liw liw

A mi me violó un extraterrestre aunque… técnicamente he de decir que fue un desvirgamiento consentido en una situación tan extraña que, todavía hoy, no soy capaz de ubicarla en tiempo y espacio. Un pequeño ser verde (créanme, las supuestas películas de ciencia ficción no lo son tal cual, hemos reducido la realidad a mucho más que lo justo) babeó sobre mí (tampoco exactamente en el sentido estricto de un montón de saliva pegajosa sino de una sensación, eso, una sutil delicia táctil que me provocó una cadena orgásmica irrefrenable a pesar de una negativa interior persistente) hasta que sentí dolor y comprobé que por mis piernas corrían pequeños hilos de sangre desde… ya sabe… aquello (mis partes)… y acabó la magia y solo quedó ese daño que no tardó en revelarse: angustia, desconsuelo, vergüenza y calvario.

No fui capaz de ir al digitginecólogo: solo pensar que aquella "sensación" hubiese dejado lo que fuese que pudiera engendrar un híbrido extra-intra-terrestre que, en vez de llorar, hiciera: –Liw liw –me paralizaba. Así que me tomé muchas molestias en pesarme a diario, medir el perímetro de mi talle, y observar cualquier inflamación de la piel o cosa rara. No pasó nada en más de nueve meses (aunque eso tampoco era una prueba demasiado fehaciente; quién sabe cuánto tardan "ellos" en gestarse), ni tampoco durante los dos años siguientes. Al final me convencí: violación sin pregnancia.

He repasado muchas veces los detalles (por pequeños que fueran) y ya ni siquiera estoy segura de lo que pasó; por otra parte, jamás he vuelto a tener la experiencia: para mal o para bien y de mi ex verde solo recuerdo que vino, no del espacio, sino del fondo del mar (de un barco hundido de nombre Barba Negra, o algo parecido en el Triángulo de las Bermudas). No porque "él" me lo dijera en el sentido literal del término, sino porque lo "comunicó" (como cuando te hablan al oído en silencio). –No temas. No voy a hacerte daño. Soy el único habitante del Barba [ese] en 23… –y largó una retahíla de números y letras que codificaban unas coordenadas geográficas–. Solo estoy de visita por aquí y quiero transcopular contigo. No puedes negarte –dijo, o algo parecido, y sin más… a la faena. Pensándolo bien es lo más parecido a Dios. No lo ves, pero no puedes hacer nada contra el libre albedrío: congela tu voluntad.

Aquel "encuentro" fue lo más parecido, en cuanto a intensidad (quiero decir), a una enorme campaña viral que llegó en forma de tsunami binario. Estuve a punto de perderlo todo. Era, según los medios, un esfuerzo de castigar la brutalidad de unos "rebeldes" en Libia contra otros que fueron aún más brutos (al menos en términos de años y sufrimiento) dirigidos por un tal Gaddafi. Un crimen de guerra con pistola de oro (substraída al propio dictador); un tiranicidio en toda regla documentado con telefonía móvil (¡que pasada!). Me pregunto qué diferencia tiene morir con armas de lujo u otra reglamentaria. El vídeo que por poco nos linchó era bastante asquerosillo pero la verdad es que de Libia solo tenía la idea de que era muy blanco y muy grande y del tal Gaddafi que tenía un escuadrón de treinta vírgenes amazonas a su disposición (una migaja en comparación con la "omnidisposicionalidad" de mi ex verde) y vivía en un oasis extravagante de lujo en medio de hambre y pobreza.

El vicepresidente Biden describió el modelo de acción militar como "la receta" del futuro. "En este caso, América gastó [solo] dos billones de dólares y no perdió ni una sola vida. Esto es algo de la receta para tratar mejor con el mundo según seguiremos hacia adelante." – denunciaba parte del avasallante comunicado que estuvo a punto de borrarnos (créanme, eso del túnel de luz en el tránsito al otro mundo es tal cual y no cosa de Hollywood).

Disculpe que aún no me he presentado. Mi nombre es Morcheba (me encanta el manga japonés). Vivo en un pequeño edificio de lujo entre la 32 y la 55 de Buzz Light City en Second Life. Desde hace medio año salgo con Eywa, el ex de mi amiga Fancy, aunque ella no lo sabe y nunca lo sabrá porque fue desterrada (supuestamente por intento de homicidio). No me siento cómoda del todo pero la vida virtual sola es insoportable.

Por cierto, pequeño violador, por si acaso lees esto alguna vez: Ese abismo de donde vienes ya no es misterio. He leído que "la alta actividad volcánica de la zona crea burbujas de gas metano que, al ascender a la superficie, incrementan exponencialmente su tamaño y ponen en serio peligro a las embarcaciones e incluso a las aeronaves que sobrevuelan la zona. El repentino cambio en la densidad del aire vuelve imprecisos los instrumentos". Tu triángulo ya no es un símbolo de perfección, armonía y sabiduría, y, por ende, de lo celestial y divino; sino un enorme culo flatulento que engendra misterio, mito y leyenda. Luw luw, luw luw.

SMS

mi amr. stoy d pie frent a las vias dl tren y n t vo. kdms 3, n? tng mchs nauseas. n se si x fugarns, x so tuyo q yevo dntr o xq m djs tirada. stoy exa 1 asko ntr l **:-{** y la ilu, la **:-/** y la spranza. xq n stas aki? n tards. xlo- contsta. n voy podr aguantr muxo +. n se sperar. tuya xa 100pre o nd. l dstino n spra a2 bsos tkm :S

El silencio de la manta

A cinco metros bajo el mar, el silencio es un mundo del revés donde tú eres el centro y todo lo demás es ajeno; el sonido se oye dentro, fuerte, como un eco vital en el recinto de tu madre. A cinco metros bajo el mar, apenas se puede distinguir la seguridad del peligro hasta que acecha. Solo una mínima probabilidad separa la calma del pánico. Solo un segundo separa la vida de la muerte donde la luz y la oscuridad bailan un vals del silencio. El miedo, en este infinito, es un ancla monumental y pesada. A esa distancia del sol se hizo la noche justo cuando rastreaba el arrecife en busca de langostas. Pudo ser una nube, pero no lo fue; las nubes van con demasiada prisa. Miré hacia arriba y la vi, flotando justo sobre mí: una enorme manta blanca quieta y solitaria. Un frío abisal atravesó mi cuerpo y me puso la piel de gallina. Apenas quedaba aire en mis pulmones, pero aguanté lo suficiente hasta que desapareció con el mismo misterio con que llegó. No la oí, ni la vi. Soló sentí su sombra sobre mí y un leve temblor, cuando se fue, que hizo a ese instante mágico: como si de repente estuviera en el fondo del tanque de saltos hexagonal de la EIDE "Mártires de Barbados", rodeado de mosquitos y humedad, hundido en el barro, y sobre mí cayesen en picado los atletas, como pájaros entre reflejos fulgurantes, con extrañas rayas ajenas azul turquesa adornando sus cuerpos, como algo que nadie pudiera impedir. Solo se sumergen para volver sin bocado a la superficie plateada del mar, en una rutina acompañada de aplausos apagados y distantes, y yo quedo ahí, en la profundidad, en el silencio, como una verdad sepultada en la oscuridad que una enorme manta dejó.

Ojo por Ojo

Ángela conoce a Helga en Facebook. Ambas colaboran con Amnistía Internacional. Tras el asesinato de Muammar al-Gaddafi abren sendos *blogs* en Word Press para denunciar las barbaridades de los rebeldes libios y pedir justicia. Helga publica abundante documentación acerca de las atrocidades cometidas por las más famosas revoluciones. Ángela se queda perpleja al ver el reportaje gráfico de la revista Bohemia de enero del 59, edición de la libertad, saturada de ejecuciones exprés del gobierno revolucionario de Fidel Castro, entre algún que otro anuncio publicitario aportado por Helga: tiros en las cunetas, paredones de fusilamiento, juicios con veredicto de muerte tomados en menos de un cuarto de hora. Simplemente se horroriza; no ya por la enorme crueldad de las imágenes, sino por su hasta entonces irracional ceguera e ignorancia. A Helga le llueven las críticas, las organizaciones de amistad con Cuba, formada en mayoría por comunistas chilenos exiliados en Estocolmo después del Golpe a Allende (que nunca regresaron, pese a la restauración de la democracia), se le echan encima. Helga se mantiene firme. No existe justificación para el crimen. Sabe muy bien de qué se trata. Ángela mueve hilos en la Editorial para publicarlo en un libro: Ojo por Ojo.

Saben que juegan con fuego, que "traicionan" su militancia para liberar su conciencia, que dicen adiós a la esperanza de la izquierda para favorecer a la derecha, pero están decididas a hacerlo. Atacan por todas partes, también en Twitter y NetLog: una campaña viral en toda regla que sigue sumando firmas de condena.

Quedan para una videoconferencia por Skype. Se han convertido en amigas de causa, en ciberactivistas (lo de "camaradas" o "compañeras" les huele a chamusquina), pero aún no se han visto la cara. Cuando por fin en las *webcams* se enciende el LED rojo y aparece la imagen virtual de cada una en la pantalla de la otra no hay asombro; se conocen de sobra. Intercambian saludos en griego. Ángela no habla sueco, ni Helga español. Es raro que viajando periódicamente a Grecia no hayan coincidido aunque sus caras le resultan tan familiares como estampillas repetidas. Detrás de Helga cuelga un foto panorámica de un cielo azul sobre césped verde. Ángela recuerda su fondo de escritorio de Windows. Detrás de Ángela cuelga un enorme cuadro de un hombre en pelotas con un sombrero de ala ancha y una flor en la mano bailando en un parque que compró en el rastro de Madrid. Aún no sabe que baila en el Central Park y está firmado por Warhol. A Helga le recuerda a Camilo Cienfuegos.

La próxima cita será en Atenas, esperan que para entonces, los griegos no hayan vendido aún el Partenón para salvar su deuda.

Morirse no tiene remedio

Cuando Marcos supuso que morir solo era cuestión de tiempo (a "corto plazo", quiero decir) decidió viajar a Túnez en medio de las revueltas y vio caer, en persona, al corrupto Ben Alí. Allí, en medio de la Plaza del 7 de Noviembre, se acordó de Yasser Arafat: «Dejar el mundo así es terrible» pensó. Poco tiempo después, tras un breve episodio de asma, le diagnosticaron neumonía por *pneumocystis carinii*; sin embargo, apenas una semana después de renunciar a medicarse, la fiebre y la falta de aire remitieron. Perplejo insistió en que le repitieran las pruebas y resultó que se trataba de una fatal equivocación de expedientes. Lo que fuera que le tuvo en cama no era un PCP (protozoo Pneumocystis carini). Días después, mientras esperaba tranquilamente en una esquina para cruzar la calle junto a otras diez personas una furgoneta de reparto les embistió llevándose al grupo entero por delante. Solo él sobrevivió con lesiones leves. Su convalecencia no dio mucho de sí. Apenas estuvo una semana sin salir: lo suficiente como para empezar a cuestionar el por qué la muerte le seguía tan de cerca sin tocarlo. Ignora que en realidad no te sigue, te acompaña. Tras una breve búsqueda por Internet pudo leer cómo tres miembros de una familia murieron atropellados por un vehículo en Galicia un sábado de madrugada.

"Los tres, dos mujeres que eran cuñadas y un varón, que era su sobrino, caminaban por la carretera junto a otros cuatro familiares en peregrinación a una romería a 30 kilómetros de distancia del lugar del siniestro. La peregrinación tenía como objetivo cumplir una promesa, ya que el fallecido, camionero de profesión, había superado un accidente de tráfico sufrido un año antes". «¿Por qué tiene que morir un hombre por celebrar la vida?», se preguntó entonces. «¿Por qué esos "daños colaterales"?». Llamó a Ángela y hablaron del tema. Ella le acusó cariñosamente de paranoia. –Todo no es más que pura casualidad. Mala suerte –le dijo. Pero Marcos sospechaba que había algo detrás de eso. «Quizá la muerte tenga su plan. Yo ya estoy sentenciado», pensó. «Definitivamente lo único que no tiene remedio es morirse». Se sorprendió a sí mismo de tanto optimismo. Tener razón, en este caso, supone que todo lo demás es "soluble". Poco tiempo después fue a comer a un céntrico restaurante deliciosa comida persa. Todo transcurrió con normalidad. Le atendieron con amabilidad, la comida estaba exquisita, el precio razonable. Por la noche, mientras cenaba unas lonchas de pavo y queso *mozzarella*, se enteró por el telediario que alrededor de las 15:00 horas, justo diez minutos después de marcharse, se produjo una explosión en la cocina (por causas aún desconocidas) de catastróficas consecuencias: diez muertos y dos desaparecidos. Se sintió gafe y decidió no salir de casa "hasta las cosas se calmaran" o al menos se "aclararan" pero una lluvia torrencial no pronosticada por el "hombre del tiempo" lo inundó todo y se llevó por delante a un vecino del primero: un recién jubilado que paseaba a su perro (al suyo quiero decir, no al de Marcos, que desapareció sin dejar rastro). Decidió cambiar de estrategia y enfrentar al peligro. Viajó a Damasco con Ángela. No pudo disuadirla de los riesgos. Se empeñó, literalmente, en acompañarle.

La desintegró una explosión de un coche bomba, además de a otras tantas. Pero a él no. Desesperado viajó a Cuba tras la búsqueda de un palero. Nino le puso en contacto con Gómez, un artista y teórico que vivía en La Habana. Él le habló de un viejo santero en la calle Concordia pero no llegó a tiempo. El Ifá se ahogó un día antes atragantado con un hueso de pollo y al propio Gómez lo encontraron "tirado" en la calle Belascoaín, justo en la puerta del solar "Romeo y Julieta", sin conocimiento y con convulsiones (echando un espumarajo blanco por la boca y sangre por los oídos). No tenía ningún síntoma visible de golpe. Quedó parapléjico y sin habla. Nadie sabe que pasó, pero mucha gente piensa que esos daños solo lo provocan las tonfas: arma reglamentaria exclusiva de la policía. Por supuesto: no se enteró por la prensa local (que no está para informar de esas "morbosidades"), sino por un conocido de un conocido del que no supo más. La lógica del mundo mecanicista de Gómez, que tanto éxito le dio, falló estrepitosamente ante la vida misma. Y es que la naturaleza de los autómatas y las máquinas de estado no está obligada a satisfacer la irreversibilidad.

Apenas tres días después, absolutamente impotente, sin la más remota idea acerca de qué hacer, Marcos se sentó en el muro del malecón y rompió a llorar. La gente pasó inmutable. Nadie le ofreció tabacos, ni putas, ni chaperos. A medianoche una viejecilla puso su agotada mano en su hombro derecho. –Mírate en el espejo –dijo y desapareció. Marcos corrió al hotel y obedeció a la anciana. No vio nada. Se miró así mismo y nada. Buscó su cabeza con las manos… en vano. «Pienso, luego existo». Pero no se puede pensar sin cabeza, ¿no? Ni se puede morir dos veces.

Around the world in a day

La procesión de las capas pardas, de la hermandad de la penitencia, cruza la media noche. Los cofrades, con la tradicionales capas pardas alistanas, portan viejos faroles que iluminan su cara. El súbito tronar de las matracas y el triste lamento del bombardino crea una atmósfera lúgubre y fantasmal. La imagen del Cristo del Amparo desfila sobre unas sencillas andas de madera adornadas con cuatro faroles, unos humildes cardos y una calavera. La semana santa es miedo, miedo ante la soledad; pero el silencio absoluto de la calle ante estos ciento cincuenta cofrades produce un temor sobrecogedor más cercano al pánico, a la muerte. Una súbita manta glacial sobrevuela las estrechas calles con aires de castigo.

Fue entonces cuando la vi. Unos ojos enormes ámbar-violeta entornados, nariz fina y pequeña, gruesas cejas sin depilar y un cutis tostado; ni muy negro, ni muy blanco, ni muy rosa, ni muy marrón. Era Isis. La mujer más bella del mundo.

«No puede ser». Nunca he sido creyente. Estaba allí, en Zamora, por pura curiosidad, porque su semana santa es simplemente algo que hay que experimentar alguna vez en la vida.

Pero ¿por qué tiene alguien que devolverme un vacío tan grande, al otro lado del océano, casi treinta años después, solo con su parecido físico? La pena no se supera… aprendes a vivir con ella, la acomodas en algún lugar de tu ingravidez para que no te consuma, la acaricias de vez en cuando y sigues adelante; pero es como el deseo de fumar, no te deja. Isis no pudo vivirlo… el "Romeo y Julieta" se desmoronó (quién sabe si con Iván y Rainier dentro) y también toda nuestra generación que, gota a gota, se fue hacia donde pudo. Su madre dejó de comer, con el tiempo los médicos se cansaron de mantenerla con sueros, y le permitieron marchar. No tenía sentido. No quería estar. No quedó nada… solo esos impulsos dentro de mí y de los supervivientes que de algún modo amaron a Isis y que también se borrarán algún día y es que "no hay ninguna razón para quedarse".

Ella está del otro lado, justo en la esquina de la Cuesta de Pizarro. El quinteto de viento interpreta músicas fúnebres pero la álgida manta se ha ido y en mi cabeza solo suena una canción de Prince con la que tantas veces tomamos café, nos duchamos y fornicamos sin comprender su significado.

Open your heart, open your mind
A train is leaving all day
A wonderful trip through our time
And laughter is all U pay

Around the world in a day
Around the world in a day

Loneliness already knows U
There ain't no reason 2 stay
Come here, take my hand, I'll show U
I think I know a better way

Around the world in a day
Around the world in a day

The little one will escort U
2 places within your mind
Former is red, white and blue
The latter is a purple - come on and climb

Around the world in a day
Around the world in a day

Una flor para Camilo

Cuando muera de verdad, será un aburrimiento.

Sam Savage

"Se hace saber por este medio a la opinión pública que en el día de ayer 28 de octubre a las 6:01 p.m. [del año 1959] salió del aeropuerto de Camagüey el avión bimotor de las FAR marca Cessna 310 #53 de 5 plazas rumbo a la Habana conduciendo al jefe del Estado Mayor del Ejercito Rebelde comandante Camilo Cienfuegos quien iba acompañado por el piloto de dicho avión primer teniente Luciano Fariñas Rodríguez y el soldado rebelde Félix Rodríguez, los que desgraciadamente no han llegado a su destino".

Asesinaron a Camilo – Instituto de la Memoria Histórica (transcripción parcial del documental).

–Unos días antes de darse el caso de allá de Camagüey con Huber… Huber estuvo allá en Columbia y fuimos a almorzar: Camilo Cienfuegos, Belarmino Castillo Aníbal, Antonio Enrique Luzón y yo. Huber leyó la carta… él hizo comentarios sobre todo el problema; después de leer la carta se hicieron los comentarios. La lectura de la carta es para demostrar que la penetración comunista se estaba realizando en Cuba a todos los niveles y como nosotros ninguno habíamos luchado por esa causa, ninguno de los que estábamos allí, yo estoy seguro de eso, incluyendo a Camilo… y no hubo una expresión de disgusto, de ninguna de las partes, todo se tomó como una cosa rutinaria que ocurre en los problemas revolucionarios.

Carlos Castilla Mas: capitán del ejército rebelde, combatió en el segundo frente oriental bajo las órdenes de Raúl Castro, ex prisionero político.

Se produce uno de los sucesos de mayor importancia en el primer año de vida de la Revolución cubana. El comandante Huber Matos, jefe militar de la provincia de Camagüey, le envía una carta de renuncia a Fidel Castro en la cual denuncia la influencia comunista en el gobierno. Castro de inmediato monta una campaña difamatoria contra Matos, alude a una supuesta sublevación militar y el 21 de octubre de 1959 envía a Camilo Cienfuegos con un puñado de hombres a arrestarlo y tomar el regimiento militar de Camagüey.

–Camilo fue como con veinte hombres armados, con fusiles automáticos, bazucas y todo un despliegue de… Cuando él llegó al aeropuerto se encontró allí con el jefe de mi escolta, el teniente José Martí Ballester, él le dice "Bueno… Huber me mandó a ponerme a las órdenes suyas, así que si usted va a entrar al regimiento yo tengo que ir a'lante, porque… por cuestión de seguridad". Fue el solo caminando hasta la puerta de mi casa donde yo estaba y a la gente de él la retiró, la dejó fuera; entró y me dice: "Bueno… vengo como abochornado porque yo nunca hubiera querido cumplir una misión de esta naturaleza, etcétera, etcétera…". Abochornado propiamente, con la cara hosca y diciendo: "Estoy en una misión que nunca hubiera querido cumplir. Tú sabes que nosotros nos respetamos, nos estimamos, nos queremos y yo sé quién eres tú y esto… y ahora me mandaron aquí a que te arreste, a que me entregues el mando, no sé, no entiendo esto pero por encima de todo vengo como asqueado ¿no?, de la misión, pero tengo que cumplirla", y entonces yo le dije "Sabes que te mandaron aquí para que mi gente te matara. Te mandaron a arrestarme para que mi gente te matara porque si yo no tomo las precauciones cuando tú entres aquí te balean a ti o al que hubiera entrado aquí a arrestarme. La tropa está insultada porque se han pasado como tres horas diciéndoles hijo de perra, traidores, canallas, bribones…". No tengo la menor duda de que ellos estaban… primero, sabían que yo iba a renunciar y estaban preparando el escenario para cuando yo renunciara arrancarme la cabeza a mí y de paso pues matar a Camilo y echarme a mí la culpa.

Huber Matos: comandante del ejército rebelde, jefe militar de la provincia de Camagüey, cumplió veinte años de presidio político en las cárceles castristas, amigo de Camilo Cienfuegos.

No existía tal sublevación. El comandante Huber Matos se entrega y pone a sus hombres bajo las órdenes de Camilo rompiendo de esta forma lo que muchos críticos consideran que fue un plan orquestado por Fidel Castro para deshacerse de los dos comandantes rebeldes. Una vez subsanado el incidente Camilo Cienfuegos ofrece una conferencia de prensa en la ciudad de Camagüey.

–Yo abro el programa diciendo que Camagüey estaba viviendo un momento de expectación y que para hablarles sobre eso estaba allí el comandante Camilo Cienfuegos y con la misma le di la palabra. En la conferencia de prensa Camilo dice que le informaron que Camagüey estaba revolucionado, que Huber Matos se había alzado contra el gobierno y que había una situación difícil allí y por ese motivo es que el va a allí a Camagüey a detener a Huber Matos pero que decidió enviarlo con un escolta al ver que no era así como le habían dicho y que entonces se fue a Santiago de Cuba, que tenía otros problemas allí.

Cebrián de Quesada: fue el periodista que moderó la última conferencia de prensa que ofreció Camilo Cienfuegos en la ciudad de Camagüey antes de desaparecer.

–¿Por qué razón Fidel Castro, al mandar a detener a Huber Matos, después de la discusión del Palacio, por qué escoge a Camilo Cienfuegos en vez de haber escogido a Ramiro Valdés, que se ocupaba de la policía u otro? Pues para mi parecer hay dos razones: los únicos dos comandantes que no tienen origen Moncadista son Camilo Cienfuegos y Huber Matos, los dos enormemente populares y Camilo, el más popular de todos. Es evidente que Camilo, al detener a Huber Matos, que iba a tener un próximo juicio, iba a tener que convertirse en el hombre acusador de Huber Matos. Qué pasa... que Camilo, después de detener a Huber Matos y darse cuenta que allí lo hubieran podido matar si Huber Matos no hubiera dado órdenes de que no dispararan y ver ciertas contradicciones, vuelve a la semana a Camagüey a investigar realmente lo que había pasado y la última persona con que se entrevista es con Carlos Álvarez, famoso guerrillero, que fue el que llevó la carta de Huber a Fidel Castro y que era jefe del aeropuerto de Camagüey y todos estos le explicaron realmente lo que había pasado.

Carlos Franqui: periodista y escritor, ex director de "Radio Rebelde", ex director de "Revolución", autor del libro "Camilo Cienfuegos".

Huber Matos es encarcelado. Camilo Cienfuegos contacta con su amigo dentro de la prisión.

–Antes de que Camilo desaparezca yo recibo dos recados de él y el recado es de que... Huber, no puede haber juicio, tenemos que resolver el caso tuyo sin juicio, yo me encargo de que tú te escapes... pero culpándome a mí de estar en un atolladero, en un problema muy serio ¿no?, y el atolladero se lo había buscado Camilo el mismo día de mi arresto porque discutió con Fidel Castro por teléfono en presencia mía y el 27 por la mañana todavía yo recibo un segundo recado de Camilo desesperado diciendo: "No puede haber juicio, yo me encargo que tú te escapes pero no puede haber juicio". Calculo que los dos Castros estaban diciendo: "Tú tienes que acusar a Huber. Tú tienes que acusar a Huber o inventar cualquier cosa pero tú tienes que acusar a Huber de que te ha invitado a conspirar, algo así", y Camilo sabía que no lo podía hacer, que no lo podía hacer, una porque él me conoce y si me acusa yo le digo: "Coño, pero te has acobardado si tú me hablaste a mí diez veces de que había que evitar que la Revolución se vaya al comunismo y que hay que hacer esto y hay que hacer lo otro". El caso es que insistía como un pobre trastornado: "Tienes que fugarte. No puede haber juicio".

Huber Matos.

–Cuando se da la noticia de Huber Matos yo estaba por la zona del Escambray, iba a ir para la Habana y al llegar a Santa Clara me dicen que Camilo Cienfuegos estaba en el hotel Modelo, en Santa Clara, en la calle Maceo, y allí entonces yo le preguntaba por lo de Huber Matos y entonces me dijo, esto es casi textual en la forma que me contestó, me dijo: "Bueno, el problema de Huber Matos es que Raúl Castro dice que hay que fusilarlo porque Huber Matos ha planteado el problema anticomunista, y en el ejército, y aquí el que es anticomunista es contrarrevolucionario y el que es contrarrevolucionario… paredón, era la misma tesis que estaban planteando en el periódico «Revolución»".

Agustín Alles: ex reportero de la revista Bohemia, corresponsal de guerra, cubrió la batalla de Yaguajay, amigo personal de Camilo Cienfuegos.

El 28 de octubre el comandante Camilo Cienfuegos realiza una escala aérea en la ciudad de Camagüey y posteriormente comienza la gran incógnita. ¿Qué pasó con el carismático guerrillero?

–Las 48 horas finales en la vida de Camilo son cruciales en la historia de la Revolución cubana; primero, porque ha tenido el problema personal con Raúl Castro acerca de los mandos. Fidel ha puesto a Raúl en el puesto de Tabernilla, de jefe del estado mayor conjunto y entonces ha eliminado del grupo que se titulaba Camilista a los principales mandos. ¿Qué hace entonces Camilo? Trata de venir para la Habana para aclarar su posición ¿Por qué le han hecho eso? Entonces queda la duda… si es que Raúl lo ha matado, si Fidel tiene el pensamiento que Raúl lo haya hecho o que Camilo haya desertado.

José Duarte Oropesa: historiador, comandante del ejercito rebelde, amigo personal de Camilo Cienfuegos.

Varios estudios apuntan que las coincidencias de los hechos ocurridos en los minutos posteriores al despegue del Cessna 310 del aeropuerto Agramontino hacen posible presumir la existencia de un complot para aniquilar al "Señor de la Vanguardia". El piloto de la aeronave Luciano Fariñas Rodríguez tenía más de 2000 horas de vuelo y basta experiencia tripulando el modelo de avión que lo transportaba; razón por la cual la hipótesis de un posible error humano es muy frágil. Según el archivo meteorológico nacional durante las horas en que supuestamente ocurrió la tragedia el estado del tiempo era bueno, o sea, la probabilidad de una turbulencia aérea era mínima. Según el reporte de vuelo de Camagüey a 4 minutos de haber partido el Cessna 310 despegó un caza británico tipo "Sea Fury" con su cañón de 20 mm desenfundado. Testigos presenciales corroboran la posibilidad del citado plan.

–Jorge Enrique Mendoza Revoredo va al aeropuerto cuando regresa Camilo, que hacen una parada técnica en el aeropuerto de Camagüey, y le dice desde lejos: "Hay un telegrama que dice el comandante Fidel que no vaya para la Habana, que vaya para Las Villas que Félix Torres tiene problemas en Las Villas". Fidel, el Ché, Raúl, mandaron a buscar a Félix Torres, jefe del regimiento de Las Villas, para combinar la muerte en el aire de Huber Matos y de Camilo, pero le falla el caso cuando Camilo, en vez de llevarlo preso se va a Oriente, con el pretexto de que tiene que resolver problemas del ejército; porque era jefe del ejército, Camilo, en Oriente.

Otros reportes apuntan a una serie de fallecimientos que, sin lugar a dudas, están enormemente relacionados con la supuesta desaparición: el piloto del "Sea Fury" que despegó poco después que lo hiciera la avioneta de Cienfuegos desapareció. El mecánico de aviación que reportó que el caza de fabricación británica traía a su regreso la ametralladora completamente descargada murió ese mismo día cuando un automóvil lo atropelló. Un pescador, que declaró que había visto que un avión caza atacaba a una avioneta, fue conducido a la Habana con el pretexto de ampliar las investigaciones y nunca más se supo de él. El comandante Cristino Naranjo, amigo personal de Camilo, que había iniciado una investigación al respecto, fue baleado a la entrada del campamento de Columbia y meses después el victimario, el capitán Manuel Beatón, fue fusilado por el régimen castrista.

–Para comenzar, Fidel Castro dice que él se enteró 24 horas después; eso es algo que nadie se puede creer. Además esa búsqueda que duró muchos días… Revolución tenía dos reporteros allí, el escritor Guillermo Cabrera Infante y el fotógrafo Jessy Fernández los cuales me contaban sorprendidos que, después de la búsqueda de cada día Fidel Castro se iba a la isla de Turiguanó o a otro sitio y le tiraba tiros a las vacas y la asaban y hacían una especie de comelata y como una fiesta y cuando salía en la televisión ya ponía la cara dramática pero la impresión que daba es que Camilo no iba a aparecer porque él sabía que realmente no iba a aparecer y es evidente que, como demostraron acontecimientos posteriores, Fidel Castro ha eliminado a cualquier figura que pudiese tener posibilidad de discutirle el poder.

Carlos Franqui.

Otros de los protagonistas de esa oscura página de la historia cubana afirman que Camilo Cienfuegos fue asesinado en tierra.

–Respeto mucho su memoria porque la verdad que era un gran amigo de sus hombres, un hombre que protegía a los hombres que estaban bajo su mando. Sabía Fidel, como Raúl, que el verdadero ídolo del ejercito, el verdadero jefe del ejercito era Camilo Cienfuegos y que el ejercito iba a responder a cualquier llamamiento que Camilo le hiciera. Había que eliminarlo, rápidamente para que no siguiera cogiendo fuerza dentro de las filas del ejercito revolucionario. Después que Camilo salió del regimiento de Camagüey tenemos conocimiento de que hubo una llamada por el radio de Fidel para que se presentara en la Ciénaga de Zapata y él voló de allí a la Ciénaga de Zapata y de ahí no volvió a salir ningún avión ni volvió a salir ningún comandante Camilo Cienfuegos.

Eliecer Grave de Peralta: capitán del ejercito rebelde, combatió bajo las órdenes del comandante Camilo Cienfuegos.

–Yo voy a contar algo que yo desgraciadamente tuve que vivir. No es una versión, ni nadie me lo contó. Yo fui… participé de ese asesinato. Almeida, Juan Almeida me llama y me dice que si yo sabía la situación que había. "Cómo no la voy a saber", entonces me dice: "Por qué tú no me acompañas a dar un recorrido con un avión y vamos los dos y así no tengo que ir yo solo". Él estaba en comunicación constante, Almeida, el comandante Almeida, con Fidel, y le decía por donde iba y Fidel le decía que cambiara el rumbo aquí, que cambiara el rumbo allá. En un viaje de estos le dice que vaya a Varadero, y aterrice ahí, que él recibirá instrucciones ahí. En ese momento vienen 3 o 4 carros y venía Fidel y al lado de él venía Dorticós. Fidel habla con Almeida y le dice: "Monta, monta", entonces yo le digo: "Bueno, yo me voy para la Habana", y el me dice: "No, no, ven conmigo". Yo nunca había estado por aquella zona y entonces pasamos la carretera Central, tú sabes que era la señal principal en Cuba, y como a la hora y media llegamos a un campo de aviación de esos que se usaban en Cuba para fumigar. Cuando hago así que miro pa'l campo veo la avioneta de Camilo parqueada en una esquina. Yo le digo a Almeida: "Almeida, ¿qué es lo que está pasando?". Almeida me dice: "Bueno, yo no sé, pero es que se ha descubierto una conspiración", entonces ahí empieza una discusión en gran escala, en la casa grande, pero era tanto que nosotros la oíamos perfectamente. Camilo le decía: "Coño, porque esto no puede ser Fidel. Tú estás loco. Yo no, yo lo único que no haría nunca es conspirar contra ti", entonces Fidel le decía: "Es que las pruebas no… hay mucha gente que te delata". "Pero dime nombres". En eso sale Fidel para fuera, entonces sale, sale éste ¿cómo se llama? Aragonés, y sale Raúl y entonces Aragonés le dice a Fidel: "Bueno chico vamos a acabar… la comedia esa, llevamos 3 días discutiendo", y en eso él se va y entra y entonces hay una discusión grande, pero bien grande, donde Camilo le dice: "Pancho, tírame a… los testículos", con las palabras que usamos nosotros los cubanos, ¿no? y en eso suena una ametralladora rummmmm, una ráfaga y entonces una pistola, pam, pam, 4 o 5 tiros. Fidel, en voz alta para que todos lo oyéramos dice: "El pueblo lo condenó", entonces me quedó que yo era tan asesino como ellos, porque yo tenía una 45 arriba. Yo podía haber ido a la defensa de él pero son las indecisiones del momento. Hoy en día, a cada rato, pienso que por qué no lo hice.

Jaime Costa: asaltante del cuartel Moncada, miembro de la dirección nacional del movimiento 26 de julio, expedicionario del yate Granma y comandante del ejército rebelde.

Se aclara el mayor enigma de Cuba , la desaparición de Camilo Cienfuegos.

La Habana, 18 de Noviembre de 2000: La recientemente creada "Comisión de la Verdad", acaba de anotarse una gran victoria moral, al publicar después un intenso trabajo de investigación y persuasión, los detalles del mayor enigma de Cuba, la desaparición física del Comandante Rebelde Camilo Cienfuegos.

El 30 de octubre de 1959, se informaba a la población que el Comandante Rebelde Camilo Cienfuegos, había desaparecido durante la noche del día 28 de octubre, cuando realizaba un vuelo en un avión ejecutivo desde la ciudad de Camagüey hacia la Habana, capital del país. El hecho que tuvo una gran conmoción popular, también se rodeó de numerosos rumores y especulaciones, ya que Camilo Cienfuegos retornaba de una misión muy delicada, relacionada con la renuncia y posible detención de otro de los comandantes rebeldes, Huber Matos. Sin embargo, a pesar de que el gobierno se empeñó en colocarlo rápidamente en el lugar de los muertos, con celebraciones y manifestaciones principalmente infantiles, llevando flores a los mares, ríos o cualquier lugar con agua, esta situación se mantuvo latente como un fantasma en la memoria del pueblo cubano.

Se cree, que esa fue la razón, por lo que la "Comisión de la Verdad" puso tanto empeño y prioridad en el caso, con una estrategia muy inteligente, persuadir a los posibles testigos de que los tiempos habían cambiado y que sus testimonios, no se convertirían en motivos de una ejecución inmediata, como hasta ahora se había sentenciado, desde el mismo momento de los acontecimientos. El trabajo comenzó con la recolección de testimonios, sin importar el contenido de los mismos, sino la coincidencia de los relatos y que los testigos tuvieran relación entre sí, pero si la relación o vinculación con el escenario de los hechos. Así aparecieron estas dos versiones:

Un antiguo chofer del Ejercito Rebelde de apellido Galanos, quien manifestó: –Nosotros estábamos en Ciudad Libertad, antiguo Columbia, reunidos en una oficina que fungía como un Estado Mayor esperando el regreso de Camilo, ya que era de vital importancia, porque que se le había dado a los acontecimientos la connotación de una sublevación militar en la plaza o regimiento de Camagüey. Al fin, pasada las 12 de la noche llegó Camilo, a su entrada se hizo un silencio absoluto, cuando Fidel interpeló: –Bueno que pasó con el hombre – dando a entender, por qué no estaba presente, a lo que Camilo respondió: –El hombre viene, él se va a presentar, él tiene su punto de vista que discutir contigo y yo pienso que en muchas cosas él tiene razón. Yo estoy seguro que él se va a presentar, él me dio su palabra, yo confío en él –El diálogo fue interrumpido por Raúl Castro, cuando dijo: –A ti lo que faltó c... [una palabrota] –, e hizo un gesto agresivo como para desenfundar el revólver, pero Camilo que era más diestro que él, le tomó la delantera; pero no contó que el plan estaba premeditado, porque inmediatamente sonó un disparo, que unos segundos después supimos que había sido realizado por Vilma Espín. Cuando Camilo cayó mortalmente herido se formó cierta confusión, pero inmediatamente Fidel tomó el control de la situación, mandó a salir del lugar a todos los que no fuéramos de su entera confianza, no sin antes advertir: – Aquí no ha pasado nada, el que diga algo, no se le va celebrar juicio, ni nada, automáticamente será fusilado –Unos días después todos los que podíamos tener conocimiento del hecho fuimos retirados de las filas del Ejército Rebelde.

Un piloto de aviación de aquella época relató: –El dormitorio de los pilotos estaba contiguo a una oficina que fungía como Estado Mayor, parece que era algo tal vez estratégico tener a los pilotos cerca de esa oficina por si había una salida de emergencia, por eso nos dimos cuenta con facilidad que ese día macabro, del 28 de octubre de 1959, estaba sucediendo algo anormal. Los acontecimientos se desarrollaron de forma vertiginosa, primero fue una bulla con gritos y alteraciones de la voz, seguido de un disparo. Pasados unos minutos, un oficial se paró en la puerta del dormitorio y al observar que todos estábamos en pie de alerta dijo: –Aquí nadie oyó nada, quien haga el más mínimo comentario, será fusilado inmediatamente –Luego se continuaron escuchando ruidos, primero como si arrastraran a alguien, después se oyeron ruidos como de instrumentos de limpieza, el característico sonido de un cubo y el rastrillar en el piso. La mañana se presentó con un silencio sepulcral, hasta que comenzó el corre, corre de la búsqueda. Sin embargo no se produjo ningún pronunciamiento oficial, no fue hasta el día 30 de octubre que se produjeron las noticias radiales con el comunicado oficial. Entonces fue que nos dimos cuenta que lo sucedido en la madrugada del día 29 estaba relacionado con los acontecimientos de la desaparición de Camilo.

Estos dos testimonios, dieron origen a la investigación, como dijimos al principio. A partir de ellos, se encontraron nuevos testigos. Se han recuperado numerosos cuerpos de personas desconocidas que fueron ejecutadas para proteger el secreto y como en las mejores películas, no se sabe porque razón, pero alguien guardó entre los pedazos del avión siniestrado, el número de la matrícula del Cessna hasta hoy desaparecido.

Uno de los testigos más importantes de este caso resultó ser el propio hermano de Camilo, Osmany Cienfuegos, quien dijo: –Guardé silencio por tantos años bajo amenaza de muerte, no solo de mí, sino de mis familiares, incluyendo a mis padres – Especialistas de la salud, después de conocer estas revelaciones, consideran que la adicción alcohólica y otros problemas de conducta de Osmany Cienfuegos , guardan relación con el chantaje que vino sufriendo por tantos años.

Con esto se cierra uno de los capítulos más oscuros de nuestra historia nacional y junto a este esclarecimiento, la Comisión de la Verdad ha presentado la localización e identificación de cientos de desaparecidos y fusilados que no contaban en ninguna de las listas publicadas anteriormente. El próximo trabajo de la "Comisión de la Verdad" es la nominación de todos los desaparecidos en el país, bajo el título de: "Salida Ilegal" y la cuantificación de los muertos y desaparecidos en misiones internacionalistas.

Anónimo

Camilo Cienfuegos desertó. No se fue a Santiago, ni a la península de Zapata, ni a Varadero, ni a la Habana. Simplemente hizo creer a todos que subía al aparato y quedó en tierra para ayudar a su amigo Huber. Al cabo de algunos años, se encontró una avioneta Cessna (al parecer, la que transportaba a Camilo), en el anden de una finca en las proximidades de La Habana, intacta, sin daños, fría por los años en desuso, pero del piloto Luciano Fariñas y el escolta Félix Rodríguez nada se supo jamás; sigue siendo un misterio.

No es fácil pasar inadvertido siendo el hombre más popular de la isla, aunque casi lo consigue. Cuando se produjo una falsa alarma de que había aparecido (se dijo que Camilo estaba en un barco, vivo, y que se solicitaba que fueran hasta allí con un médico y con Fidel) y el pueblo se lanzó a las calles a vitorear el hecho, Camilo estuvo a punto de jugarse la vida en su peligroso plan. Afortunadamente Fidel Castro desmintió la noticia el 12 de noviembre con una frase conmovedora: – Hombres como Camilo Cienfuegos –dijo–, surgieron del pueblo y vivieron para el pueblo. Nuestra única compensación ante la pérdida de un compañero tan allegado a nosotros es saber que el pueblo de Cuba produce hombres como él. Camilo vive y vivirá en el pueblo –Camilo, desde entonces: "El Hombre del Pueblo", necesitaba ocultarse en alguno de los cayos del archipiélago de Sabana-Camagüey, pero su pequeña embarcación tuvo una pequeña avería y fue rescatado por un barco pesquero en la zona. Cualquiera que desea cambiar de identidad lo primero que hace es ponerse bigote o barba pero para Camilo esto era un inconveniente. Tuvo que dejarse el pelo ralo y afeitarse su tan simbólica y tupida barba y convencer a los tripulantes del barco que, salvo un asombroso parecido, era en realidad un hombre de negocios que merodeaba la zona. Solo cuando pudieron comprobar que su falso pasaporte correspondía a su nueva identidad desmintieron el hallazgo y le ayudaron a continuar. El plan de Camilo era simple: ocultarse un tiempo prudencial y partir a la Habana para persuadir y ayudar a escapar a su amigo Huber; pese a sus rotundas negativas.

Internado en la isla dejó crecer sus pelos otra vez (esta vez extraordinariamente largos) y decidió viajar a la Habana haciéndose pasar por mendigo. Muchos lo tomaron por el "Caballero de París", aunque frecuentaban distintos lugares. Camilo debía darse prisa pero a esas alturas Huber estaba tan aislado que ya no era posible persuadirle siquiera. Camilo decidió entonces volver a emigrar a los Estados Unidos.

Otra vez pertrechado de una nueva identidad falsa para eludir su fama, a pesar de tener visa de residente, un exótico profesor universitario de grandes gafas de nombre Hipólito Campeche (aunque más de una vez tuvo que travestirse y convertirse en Gloria, Eva o Agustina), y ayudado por algunos de sus incondicionales Camilistas pudo llegar a la ciudad de Nueva York por tercera vez.

Todo había cambiado desde su última estancia en el 56. La música *folk* inundaba el Central Park. Los americanos empezaban a estar hartos y lo demostraban pacíficamente: cantando canciones protesta, con grandes sentadas pacifistas, quema de las cartillas de militarización. Los conciertos en el núcleo del Greenwich Village crecían en popularidad y el movimiento contracultural hippie ganaba adeptos. Además del *groove* y el *folk* contestatario se sumó el *rock* psicodélico, la revolución sexual y la creencia en el amor libre más cierto activismo radical y el consumo de marihuana y estupefacientes, como el LSD y otros alucinógenos, con la intención de alcanzar estados alterados de conciencia. En general aquella generación rechazaba al consumismo y optaba por la simplicidad voluntaria, ya sea por motivaciones espirituales-religiosas, artísticas, políticas, y/o ecologistas.

La adaptación de Camilo (Hipólito Campeche) fue relativamente rápida. Contactó con su ex mujer Isabel Blandon, una enfermera salvadoreña que, a pesar de no querer saber nada de él, guardó con celo su secreto y le ayudó a instalarse. Todo parecía arreglarse cuando perdió la conciencia. Atormentado por las desesperanzadoras noticias que llegaban de la isla, el sufrimiento por una familia y un pueblo que le llora e inunda de flores el mar el día de su supuesta muerte, y un intento fallido de matar al Che en diciembre de 1964, cuando habló como portavoz del gobierno cubano en la Asamblea General de las Naciones Unidas, evitado por su propio entorno.

Tras el homicidio frustrado sufrió un episodio depresivo que le trastornó para siempre. A partir de entonces se hizo frecuente verlo deambular desnudo por el Central Park, bailar descalzo con una corona de flores multicolor, o meditar días enteros sin probar bocado o hablar con nadie. Su carisma, bondad y naturalidad lo hizo popular y querido entre los neoyorkinos; se dice que el propio John Lennon le compuso una canción, Walt Disney escribió un guión para un dibujo animado intitulado "El Rey Pescador" que nunca llegó a producir (Terry Gilliam produjo una película con el mismo nombre posteriormente, en 1991 curiosamente con más de un paralelismo al guión de Disney) y Andy Warhol lo inmortalizó en uno de sus tantos cuadros pop que mucho más tarde compró Michael Jackson. A partir de los 70 se le pierde la pista. Algunos creen haberlo visto por Santiago de Chile, Madrid, y en la propia Habana. Su vida, después de su muerte, sigue siendo un misterio.

5.1

–¡Pero mira quién está ahí caray! Quién me iba a decir a mí que iba encontrar aquí, en Miami, al mismísimo Blas.

–La verdad Benítez, no se qué es lo que tanto te sorprende. En Miami hay más de dos millones de cubanos. Creo que vernos aquí en realidad era solo cuestión de tiempo. El mundo es pequeño y al final esto es casi una provincia. Otra Cuba detrás del charco con más de dos millones de cubanos. Sabes… se rumorea que hasta el mismísimo patilla anda por aquí.

–Eh, eh, un momento. Un poco más de respeto….

–¿Seguro Benítez? ¿Crees que mereces eso? Fíjate… puedo decir, tranquilamente, que estoy aquí, única y exclusivamente, gracias a ti.

–¿A mí?

–Así mismo. ¿Te acuerdas de toda aquella campañita que me hiciste con Julia para salvar tu puesto? Funcionó. Gracias a ti: me expulsaron deshonrosamente del Partido. Gracias a ti: no me quisieron admitir en ninguna empresa. Gracias a ti: todo mi esfuerzo, mi sudor por aquel gobierno, se fue al garete – Blas hace una pausa. El sol abrazador de las doce destella por todas partes y le cuesta enfocar su mirada hacia abajo; desde donde Benítez, literalmente amarrado a una suerte de tabla de *scatter* motorizada, le mira tras unas gafas negras baratas.

Le han amputado las dos piernas y se arrastra como un invertebrado esquivando la luz impulsado por sus brazos–: Te lo debo a ti Benítez. No nos quedó más remedio que jugar al bombo y, mira por donde, nos tocó. Gracias a ti… estoy donde estoy y no donde hubiera querido estar. Pero todo es cuestión de tiempo y eso de sentirte persona hace lo suyo. "Te come" poco a poco a la cabeza hasta que te aceptas.

–Al menos tú te sientes "alguien". Otros no hemos sido tan afortunados. Mírame a mí. Me arrancó las piernas un tiburón en medio del mar.

–Así que tuviste que lanzarte al agua. ¿Quién lo iba a decir Benítez? Militante del Partido, internacionalista, héroe del trabajo y funcionario de confianza del gobierno… ¿para terminar así? Al final cruzar el estrecho resulta que es mas peligroso que Angola.

Benítez tiene que apartarse para dejarle paso a una pareja. Las aceras son un bien preciado en Miami y la calle muy peligrosa. No sabe bien qué decir. En realidad ninguno tiene más que decir.

–Bueno Blas, me alegra que estés bien –: es simplemente una frase hecha que, en su boca, suena como un sonido de flautín salido de una tuba.

–Lo mismo digo –devuelve el cumplido–, adiós.

Blas sigue caminando sin guardarle rencor. El odio es tan improductivo que solo actúa contra uno mismo. Se va sin decirle que hasta intentaron vivir, sin éxito, en un pequeño pueblecito de Camagüey, después de su muerte civil en la Habana. Las noticias se difunden involuntariamente, tienen vida propia y matan donde quiera que se oculte su víctima y es que, en cualquier parte del territorio nacional, un "hombre" casado con una "lesbiana" está bajo sospecha. Mientras no se demuestre lo contrario es, como mínimo: "maricón", con el agravante de haberse refugiado en un cargo político con responsabilidad ideológica; de pasar como un auténtico revolucionario; ¡de dar el ejemplo!

Alguien de tan dudosa conducta ética y moral no merece confianza. Tampoco le ha hablado de Julia, ni de Martina. Ni de su aislamiento: en Miami ha conseguido ser persona, no ser social. Aquí también le señalan por su estrecha "relación" con el gobierno; aún cuando solo tenía un cargo administrativo insignificante y un carnet que el noventa por ciento de la población "tiene que tener". Julia ha conseguido montar un pequeño negocio de masaje, en la misma casa, y le va bien; al menos para llegar a fin de mes sin problemas. Martina llora mucho por sus padres, que se quedaron en Cuba rogando a sus abuelos para que se la llevaran, pero se integra. Llegó sin prejuicios. Domina el inglés como cualquier niña de su edad y piensa que el mundo es otra cosa.

Benítez se queda viéndole marchar. «¿Qué será eso que se rumorea de que el mismísimo "barbas" está en Miami?». No perdió las piernas por ninguna mordida de tiburón, sino en un quirófano. La gangrena acabó con ellas a causa de la diabetes, apenas medio año después de establecerse en Miami. Tampoco llegó por agua, sin en avión. En una especie de deserción programada se quedó en Canadá y pidió asilo en la embajada americana. En el "plan" orquestado por la seguridad del estado no estaba solo. A los otros cinco los detuvieron uno a uno. La prensa cubana les llama "los cinco héroes" y no se cansa de cacarear la injusticia de su prisión por defender a Cuba del terrorismo procedente de la mafia anticubana de Miami. Benítez era el sexto espía antiterrorista pero la diabetes le jugó una mala pasada. La CIA le conoce por el "punto uno". Han pasado ya más de diez años y ahí sigue, víctima de ningún interés de extradición para los americanos y de repatriación para los cubanos, en un limbo idílico capeando el temporal con su tabla. Él tampoco lo sabe pero en breve le tendrán que amputar los dos brazos. Del "gran" Benítez solo quedará un pequeño busto en medio de la calle Ocho, en la pequeña Habana, con una lata al cuello para recoger limosnas.

Aletas de mariposa

La suciedad no es más que "materia que se encuentra en el lugar equivocado".

Edith Wharton

–Oye René… ¿tú eres sopla-nuca o muerde-almohada? –pregunta Fer con una risilla nerviosa. René lo mira de reojo. Así vestidos cualquiera diría. –Tú siempre comiendo pinga –se limita a responderle. Alicia y Bea suben las herrumbrosas escaleras de la azotea con la camiseta de sus novios mientras ellos lucen sus vestidos.

La idea es de René. Hace mucho calor, la escusa natural perfecta para verle las tetas a Alicia, con la que apenas lleva dos días saliendo. Ellos se despojan de sus *pullovers* sin pudor, más bien alardeando de sus cuerpos fornidos por la natación: músculos bien puestos, abdomen sin gota de grasa, todo el cuerpo rasurado; es una ocasión perfecta para intentarlo. Sin embargo, ellas se quitan sus vestidos parapetadas tras una sábana tendida al aire, se cubren con las camisetas y no pasa nada. Tienen que andar con cuidado para no enseñar el blúmer, pero eso es todo. René y Fer apenas pueden cerrar los vestidos y las mangas amenazan con estallar en cualquier momento; más que sexualidad derrochan una ridiculez absoluta.

Así que René no puede más que asomarse a la balconada más bien derrotado. –La Habana Vieja desde aquí arriba parece un gran basurero –dice. –Es que el edificio de enfrente se calló hace unos días –se apresura a justificar Alicita. –¿Tú ves ese trozo de salón que sobresale ahí en medio de la nada? –murmura pegándose a René que no puede evitar la erección– , pues ahí quedó una viejecita meciéndose en el sillón. ¿Qué te parece? Todo se vino abajo menos ella en su mecedora. Los bomberos se las vieron y desearon para rescatarla –René se imagina la escena pero tiene unas ganas terribles de meterse dentro de ella allí mismo: incluso con todo el edificio viniéndose abajo; solo necesita que sobreviva un diminuto trozo de suelo donde quepan los dos.

–¿Qué te pasa Réne? –pregunta Alicita.

–¿A mí? Nada… ¿Qué me va a pasar?

–No sé… con lo sexi que estás y tan serio –«¡si tu supieras cariño!», piensa; pero no se atreve a abrir la boca.

–Tengo una idea –anuncia Bea–: ¿por qué no bajamos a comprar helados? Allá abajo venden.

–¿Así?

–¿Por qué no Fer? ¿A que no tienes huevos?

–¿Qué no tengo qué?… tú estás loca puchipandi. Yo soy Fernando… el de los huevos largos.

–Eso no pega.

–No pega pero ¿a qué te gustan?

–Oye… déjate de confiancitas delante de René y respétame que yo no soy ninguna pelandruja.

–Es broma Beasieso.

–Bea, ¿qué?

–Beasieso… la novia del de los huevos tiesos.

–Oye, sí –se suma Alicia– ¿por qué no bajamos así con esta pinta? Nosotras de hombres y ustedes de mujeres.

Nadie sabe cuál es el detonante, pero todos bajan la escalera sin sopesar las consecuencias de semejante "juego". Llegan a la cola y, ya puestos, piden el último. Un hombre calvo con espejuelos oscuros se da la vuelta y los mira de arriba a abajo sin contestar. La cola tarda y la gente se amontona cada vez con más descaro. Cuando les toca comprar René se da cuenta: el hombre impasible ya no está. En su lugar una señora gorda teñida de rojo pide chocolate y "fresa para los de atrás".

No les da tiempo a coger los helados. Un par de hombres, vestidos de civil, sacan a René y a Fernando en volantas de la cola obligándoles a seguirlos. –Acompáñenos –es todo cuanto dicen. Las chicas se ponen histéricas. –Pero ¿qué pasa? Ellos no han hecho nada. ¿Por qué se los llevan? –sin embargo, ninguno de los cuatro repara en ellas y es que esa invitación de compañía no significa nada bueno; solo que cuatro agentes de la seguridad del estado les llevan a una estación de policía por algún delito que desconocen.

En un abrir y cerrar de ojos la gente forma una turba que les sigue, como si de una comparsa se tratase, vociferando: –¡Loca, pa'qué tanto musculito! ¡Bugarrones! ¡Mariposones! ¡Sodomitas! –dice uno. –¿Qué, tú también eres maricón de playa? –contesta otro. –¡Maricones! –. Los insultos llegan desde todas partes, amenazan con sincronizarse, pero no lo hacen. Todo se transforma en ruido: un escándalo ciego, confuso, pesado, que esconde cada voz individual en un grito colectivo. La masa indignada y agresiva toma la calle, lleva la iniciativa; algunos intentan golpearles pero, por fortuna, no les alcanzan. Los hombres que tiran de René y Fernando no se inmutan; se limitan a seguir el camino de la comisaría cuatro manzanas más abajo. Por fin, por fin… llegan.

Ya adentro, les empujan a un banco despintado y sucio. La caterva poco a poco se diluye, vuelve a lo que sea que tuvieran pendiente; como si la descarga de la cisterna de un inodoro inconmensurable le tragase. Están solos. A cada rato pasa un guardia a verlos, pero no les vigilan: se burlan, dejan caer su risita y desaparecen por alguno de los estrechos y oscuros pasillos repletos de puertas. Fer y René no se miran; sienten vergüenza, suciedad, miedo. Apenas tienen quince años: «¿qué pensarán en la beca cuando se enteren de esto?», «¿qué va a pasar?», «¿nos botarán del equipo?». Tiemblan, sudan, se desesperan.

Después de dos largas horas, aparece el teniente con un expediente bajo el brazo.

–¿Pero qué tenemos aquí? ¡Vaya! ¿reincidente Fernando? o… ¿cómo te debería llamar?... Fernanda –René mira a Fer pero este no le devuelve el gesto; tiene la vista clavada en el suelo, enterrada–. Y, vamos a ver, ¿cómo se llama tu amiguita?

–Oiga, no se equivoque que yo soy hombre.

–¿Hombre? ¿Con esas prendas?

–Sí, solo era un estúpido juego.

–¡Ah sí! ¿Qué dices Fernando? ¿Estaban jugando a las casitas? –Fer no abre la boca. A ver qué le cuentan a sus padres cuando vengan.

–¡A mis padres! Manda… –murmulla René en un incómodo silencio que se apaga irremediablemente.

– Bueno, ahí las dejo para que piensen cómo salir de esta; sobretodo tú Fernanda… que tienes expediente –René le mira con rabia, aprieta con fuerzas los dientes; pero es todo lo que puede hacer.

Una hora después el padre de René entra como una exhalación. René se incorpora…

–¿Pero qué coño es esto Renecito? ¿Qué cojones haces tú con esa ropa? –René se hunde: se clava con más peso en el banco maloliente. Su culo entumido ya no duele de tanto tiempo sentado en esa tabla rígida y humillante. Un guardia conduce a su padre dentro con el teniente; pese a la dificultad que tiene para colocarse bien las gafas entre tanto sudor y el esfuerzo de agarrar como puede una caja enorme y pesada. Otra hora después sale. Los padres de Fer no han llegado y no ha intercambiado ni una sola palabra. Tiene ganas de llorar, pero no lo hace.

–Vamos –ordena a René que se levante sin saber qué es lo que se debe hacer en un caso como este. Mira a su padre–. Los padres de Fer están de camino… Vamos –repite, y René sale cabizbajo.

–¿Qué es eso?

–¿Qué?

–Esa caja.

–Son tus medallas, las he traído para que vean que eres un hombre, un atleta con futuro; estúpido, pero macho, tienes suerte de que no te hayan abierto un expediente. ¿Tú sabías que Fernando es maricón? –René calla.

Picnic

El retrasado agitó la carraca con desesperación. Una enorme aleta de tiburón emergió del agua muy cerca de los bañistas… pero… nadie le hizo caso. Apenas pudo articular una palabra que alertara del peligro; se movió frenéticamente hacia los lados, empujó a su madre, casi la tira; intentó arrastrarse por la arena; lloró, gritó y pataleó: todo en vano. Mientras, el enorme escualo engullía las piernas de una deliciosa señora y encharcaba de sangre la marisma y sus padres comían tranquilamente bocatas de solomillo poco hecho.

3 PM

Uno no muere cuando le llega la hora.

Haruki Murakami

Fernando sumerge la cabeza en la bañera. El pequeño halógeno del techo se difumina en el agua turbia en una absurda danza de reflejos. En cuestión de segundos la temperatura se desploma; no tanto por la gran masa de aire que inunda la superficie, sino por la imagen de ese cadáver suspendido en la ingravidez del océano. «La muerte es un estado de inconsciencia total». Pero eso aún no es siquiera una sospecha. A esa edad, apenas doce años, la brújula y el reloj son solo dos instrumentos inertes. Un equipo de buzos y bomberos lleva toda la mañana buscándolo, pero Fer es un nadador de élite y conoce el arrecife como los peces.

Afuera, la costa es el escenario improvisado de un siniestro concierto. Todo el pueblo quiere ver quién es, pero un tupido cordón policial lo impide. A él le han reservado un puesto VIP, muy cerca del ahogado, en un irracional gesto de agradecimiento. Puede ver cómo el forense le golpea por cada una de las articulaciones para romper el rigor mortis y casi oler las alubias que brotan de su boca.

–Síncope por hidrocución –dicta a un ayudante mientras coloca, ahora con sumo cuidado, los brazos al lado del cuerpo.

–¿Embolia?

–Así es, muchacho. ¿Cómo sabes tú de esto? –Tampoco es tan difícil. Si vives al lado del mar es lo primero que debes aprender. Simplemente no te puedes meter en el agua antes de terminar la digestión–. Pues parece que éste no lo sabía –concluye el forense.

–Este chico no es de aquí. Ni siquiera lleva trusa.

–Es cierto –asiente el perito–. ¿A quién se le ocurre meterse en el mar vestido y con botas?

La interrogante deja abierta alguna posibilidad más: que alguien lo empujara, por ejemplo; pero Fer sabe que es mera imprudencia. No es la primera vez. Incluso en otra ocasión: encontró a un borracho que se había ahogado en un pequeño charco en el arrecife de apenas una palma de agua. El nivel justo para taponarle la nariz al irse de bruces y perder el conocimiento. La vida en el mar depende de un delicado equilibrio. Irresponsabilidad es muerte. Prisa es sinónimo de peligro y adaptación: la clave de la supervivencia; pero nadie mejor que él sabe que a veces no es posible. El alma no es como la temperatura o la presión. Tiene sus propias reglas.

¿Quién sabe cuándo empezó su huida? ¿Cuántos kilómetros nadó desde entonces? ¿Cuánto hizo por ahogar sus impulsos? Pero ahí está lo inevitable; eso que algunos llaman "destino". Le han detenido muchas veces por escándalo público. La primera vez… un beso con lengua en un parque oscuro y apartado… que habría pasado inadvertido, sino fuera porque el inoportuno vigilante reconoció a Berto, por entonces bailarín estrella del Salón Rojo del Capri. Después, una amonestación simple por jugar al travestismo con René y dos chicas. Encima se les ocurrió salir a la calle; pero solo de él tomaron nota.

La segunda grave lo pillaron *in fraganti* en plena felación. No sirvió de nada que fuera en la intimidad de la habitación de un hotel porque olvidaron colgar el cartel de "NO MOLESTAR" en la puerta y la camarera entró sin llamar. La tercera un "baile de perchero", una "orgía": en un simulacro de boda homosexual en una casa en la playa. Esa vez la policía detuvo el autobús con todos los detenidos dentro para que todo el que quisiera pudiera insultarlos: barra libre de insultos. ¿Un escarmiento? Ni el maquillaje, ni las pelucas, ni la dura depilación, les dejó brillar esa noche. El acoso es una violación a cámara lenta. La lista se hizo tan larga… que terminó por reconocerlo públicamente en una asamblea universitaria y le costó la expulsión; a pesar de su brillante expediente y prometedor futuro. El tiempo paró para Fer. Sin futuro y sin presente, solo le quedó un pasado demasiado pesado para llevarlo a cuestas.

El agua de la bañera está tibia. Se ha pintado los labios con carmín encendido y depilado las cejas sin ningún cuidado. El vestido de novia de su madre no resiste la presión de tanta musculatura y estalla por muchas partes. Lleva un corsé bordado en flores con pliegues muy finos en el talle y en el busto que no ha podido lucir. El escote es palabra de honor. La falda también lleva este tipo de bordado y cae en línea "A". Como complemento lleva un lindo bolerito corto con bordes de tul y cuello redondeado, las manguitas son largas con el mismo vuelo en las muñecas… que sangran buscando el equilibrio de los flujos. Los reflejos no son más que sombras extintas, una suave transición entre luz y oscuridad, vida y muerte. El reloj marca las tres.

Quiero Tener un Millón de Amigos

Yo solo quiero un viento fuerte
Llevar mi barco con rumbo norte

Roberto Carlos

Ya se que *Yo quiero tener un millón de amigos*, es un título de una canción, que popularizó el brasileño Roberto Carlos en los 70, no apta para todos los gustos. Al menos no para el mío, pero eso era lo que tarareaba Yotuel mientras "navegaba" por Facebook cuando se le ocurrió alcanzar, literalmente, un millón de amigos. Yotuel no lo sabía, pero las redes sociales habían conseguido hacer el mundo aún más pequeño.

La teoría del "mundo pequeño" se debe a un estudio realizado a finales de los 60 por el psicólogo social Stanley Milgram para determinar cuántos saltos (conexiones intermedias) eran necesarios para llegar de una persona a otra cualquier en el mundo. El resultado, correo postal mediante, fue 6. La explicación científica del experimento se haya en las redes complejas. Los científicos juegan con el "número de Bacon": resultado de determinar el número de actores o actrices, a partir de sus apariciones con personas que han trabajado con Kevin Bacon, que le separan de él.

En las redes sociales el número promedio de personas relacionadas entre una persona y otra es exactamente 4,74. Ya en 1929 por el húngaro Frigyes Karinthy diagnosticó que el mundo estaba pasando por una suerte de encogimiento debido a la creciente conectividad entre las personas.

Lo interesante, según el Dr. Diego Golombet de la UNQ, es que "a través de estos grados de conexión (o de separación) se transmite de todo: desde potenciales enfermedades hasta la felicidad".

Así que Yotuel difundió un mensaje con su propuesta…, a ver qué pasaba, inconsciente de transmitir cierto optimismo: tener muchos amigos es casi siempre algo deseable. Para él, al menos, así era. A pesar de estar a punto de reventar de anabolizantes, no había conseguido llegar a Míster Universo, ni lo conseguiría jamás. Él no lo entendía, ni lo llegó a comprender nunca, pero las medidas y el "volumen" eran solo requisito obligatorio, la punta del *iceberg*. Ser el más fuerte del mundo era ciertamente mucho más complejo que tener un millón de amigos.

Después de su mambo en Paris dio "el palo" de su vida con una viuda millonaria y, desde entonces, vive en una lujosa mansión en "La Moraleja", en las afueras de Madrid. Quizá sus frecuentes andadas de plató en plató de televisión (ya ha conseguido ser "colaborador" de un programa de "cotilleo") perjudiquen su carrera culturista. Quizá sus fugaces incursiones en el mundo del "porno". Pero ajeno a todo esto Yotuel, sin cursillo de informática básica previo, ha sido capaz de abrirse una cuenta en Facebook con el *nickname* "Macho" y pulula de vez en cuando, sin nada mejor que hacer, para buscar amigos. Sabe que es imposible contactar con alguien del "solar". Allí todavía no saben siquiera lo que es el correo postal (como para saber lo que es un *email*), pero persevera: es una "actitud" nueva en su vida.

Fue así como conoció a Helga: una "activista ciudadana" que provocaba auténticos tsunamis de información relacionada con los derechos humanos (más bien con denuncias a la violación de estos derechos), a Fancy: una hermosa Barbie virtual "obsesionada" (dejémoslo ahí), al grupo H.P. (aunque en realidad son dos); con exactitud, no por su música, sino por su partición en la campaña de liberación a Pánfilo ("¡Lo que hace falta es Jama!": chillaba como un descocido en un vídeo que le costó una detención por "peligrosidad"). A H. P. los barrieron del mapa bajo los cargos de "tenencia ilegal de computadoras" (después de tanto uso), a Yoani Sánchez, portavoz de la "Generación Y": *Nacidos en la Cuba de los años 70 y los 80, marcados por las escuelas al campo, los muñequitos rusos, las salidas ilegales y la frustración.* Yotuel simpatizó inmediatamente con ella: invita especialmente a Yanisleidi, Yoandri, Yusimí, Yuniesky y a otros que arrastran sus "i griegas", a que le lean y le escriban. Así que lo hizo (Yoani les recuerda a las gemelas Yusimí y Yuanai; era la clave para llegar al solar) y, sin querer, ayudó a divulgar su mensaje: lo que hace falta es Libertad. ¿Llegará la red social a provocar una "primavera cubana"? «Ni de coña», cree Yotuel. Cuba se prepara. En Pica, Boletín Especial Entorno, año 9 número 53, 2011-07-07, léase "Facebook y la vida de los otros", José Steinsleger cita:

Hodgkinson sostiene que "…el sitio fomenta el individualismo para mantener un mayor control de la masa, y hace creer a los imbéciles que son importantes". Mark Zuckerberg, su creador, parece darle la razón. En el libro The Facebook effect (David Kirkpatrick, Simon and Schuster, 2010), se transcribe un chat que el joven multimillonario escribió en los inicios del fenómeno mediático: "Tengo 4 mil correos electrónicos y sus contraseñas, fotos y números de seguridad social. La gente confía en mí: they are assholes."

Según Hodgkinson, Facebook está bajo control de las 16 agencias de seguridad de Estados Unidos, empezando por la CIA y el Departamento de Defensa. El periodista inglés anda bien encaminado. En mayo pasado, luego de la ruidosa "muerte" de Bin Laden, el canal TV Q13 de Seattle entrevistó a la indignada madre del niño Vito Lapinta, alumno de séptimo en una escuela primaria de Tacoma (estado de Washington). Desde su cuenta, Vito había expresado su preocupación de que agresores suicidas atacaran al presidente Obama. Al día siguiente, agentes del servicio secreto lo interrogaron en pleno horario escolar.

La guerra fría continúa en la red. Se disparan *tweets* en lugar de balas, pero hacen el mismo daño. Facebook es un *site* de reclutamiento para espías voluntarios; pero lo cierto es que ayudó, en conjunción con la telefonía móvil (la cámara ha resultado un arma que no tiene precio), a "movilizar" a la gente (funcionó como una caja de resonancia: transmitiendo y amplificando las frustraciones y reivindicaciones de los indignados; puro *marketing* viral de estados de conciencia); algo que ni siquiera ha pasado por alto Yotuel. Un SMS sirve lo mismo para gritar, que para un rescate. Muchos estaban hartos detrás de una apariencia tranquila y feliz. Ben Ali, Hosni Mubarak y Muammar al- Gaddafi lo sabían: por eso "apagaron" la red cuando se dieron cuenta, pero ya era tarde. Cuba aún no la ha "encendido": según Reuters el número de computadoras por habitante, el uso de la telefonía celular y el acceso a Internet está por debajo de los índices de países del hemisferio, como Haití, Jamaica y República Dominicana. Pero tendrá que hacerlo y la eclosión de una nueva esfera de relación social que pone en contacto a millones de personas cada día es un talón de Aquiles para las dictaduras más "avanzadas". Ya se sabe: cuando los de abajo se mueven los de arriba se tambalean. Howard Rheingold lo llama "multitudes inteligentes".

Aún el "Macho" no es un ciberactivista, pero ya da sus primeros pinitos. Él siempre perteneció a la "turba". Quizá un día a la ciberturba. Por ahora piensa crear su propio blog de fisiculturismo y conseguir su meta de 1 000 000 de amigos. ¡Ya solo le faltan 20!

Punto final

Estoy en una playa... desierta. Los rayos del sol hieren mis ojos cuando intento abrirlos. Puedo ver a un niño jugando en la orilla. No tengo fuerzas. El cielo tiene un color naranja plomizo y el agua parece un caldo lechoso.

Ahora la luz duele menos. Es una lámpara. Hay un tipo con una bata blanca que me dice que no me preocupe. Estoy en un hospital. Una mujer hermosa frente a mí se pone en guardia. Se nota que ha llorado. Se abalanza sobre mí y me abraza.

–Al fin has vuelto –solloza–. Pensé que no lo harías nunca.

No sé quién es, pero no creo que sea el momento oportuno de preguntarle o hablar de su fe. A su lado hay un niño pequeño, precioso. –Ven cariño, dale un beso a papá –le dice y él se acerca y obedece. Está muy asustado. A juzgar por la escena debe de ser mi hijo, pero no recuerdo tener ningún hijo. En realidad tengo la mente en blanco. Estoy amnésico. No hace falta que lo demuestre porque todos me tratan con esa condescendencia que solo había visto en películas de Hollywood.

Me llevan a una casa blanca de madera en Cojímar. Es pequeña pero muy confortable. Debe de ser la mía. Todo la ropa masculina que hay el armario corresponde a mi talla.

Hay muchos libros y una mesa negra grande con una máquina de escribir. La cama es enorme. Abro las ventanas y puedo oler el salitre del mar. La brisa es agradable, invita a dormir y no hay objeciones. Al caer la noche pregunto a mi supuesta mujer:

–¿Qué ha pasado?

–Apareciste en un playa... muy lejos de aquí.

–Cuánto de lejos.

–En las Bermudas.

No he recuperado la memoria… pero no puedo ser más feliz. Tengo recuerdos anteriores y posteriores aunque nada claros en torno a qué y durante cuánto tiempo. Recuerdo mi infancia, mis padres, mi casa cerca del mar, mi adolescencia; incluso cuando me gradué de la Universidad. Luego una gruesa y espesa capa de olvido (donde se supone que, al menos, haya estudiado, empezado a trabajar, casado: en definitiva, empezar esa etapa tan distinta que consiste en valerte por ti mismo) y, a continuación, por arte de magia, esta nueva vida donde tengo una mujer, Marta, que no merezco, y un hijo, Gustavo, que es un encanto. Cuando me "adoptaron", aunque "recuperaron" quizá sea una palabra mucho más apropiada para definirlo, Gus tenía apenas tres añitos (yo, a juzgar por mi certificado de nacimiento: treinta; lo que significa que he perdido unos ocho o nueve años de vida; mejor dicho: de recuerdos). Ahora tiene doce. Lee con avidez, saca buenas notas, es bueno en natación, compite al ajedrez y escribe. Me siento tan bien que poco me importa lo que haya podido hacer o dejar de hacer en una etapa anterior de mi vida. Es una cuestión de calidad, no de cantidad.

Estamos de vacaciones. Hemos podido alquilar una casa en la playa y vamos a pasar aquí el mes de agosto entero. Llegamos tan tarde que Gus apenas ha dormido, entusiasmado por los cambios. A primera hora lo tenía en nuestro cuarto tirando de las sábanas para dar un paseo. No hay nadie. La playa, en muchos kilómetros, está completamente desierta. El agua está fresca, decir fría resulta excesivo, así que podemos andar con los pequeños reflujos de agua, que no llegan a olas, bañándonos los pies. En dos o tres horas no habrá dónde extender la toalla, pero ahora parece que es exclusiva de los dos. Llevo las manos en los bolsillos y noto algo dentro. Siempre me dejo algo indebido para lavar. Es un papel arrugado y pequeño. Apenas se puede leer lo que tiene escrito.

Después de una larga caminata regresamos a casa. Tampoco hay tanta gente como era de esperar. Gus me deja la ropa y se va a nadar un rato. En casa, Marta prepara su plato favorito para empezar el verano: arroz con pollo caldoso.

La rutina de las vacaciones es una de las cosas que adoro: te levantas pronto, corres, andas por la playa, nadas, o haces cualquier otra actividad física y, a media mañana, cuando el sol empieza a pegar con fuerza, estás fresco y animado para leer o tumbarte en una hamaca a la sombra tranquilamente a pensar, leer o escribir. La brisa sopla imparable y suave. La tranquilidad es abrumadora. La mayoría de las veces almorzamos fuera. Muy cerca de la casa hay muchos restaurantes y podemos permitírnoslo; pero incluso hacerlo en casa: preparar la comida, almorzar los tres y recogerlo todo, es una tarea gratificante previa a la siesta. Un plácido sueño para entrar en la tarde. Gus apenas duerme y se queda escribiendo en su habitación.

En un par de días tendremos que irnos y volver a una vida rutinaria; de la que tampoco me quejo. Ambos somos profesores: Marta del Instituto Superior de Arte y yo de la Facultad de Electrónica del Instituto Superior Politécnico. Gus empieza la secundaria básica en una escuela especial (de alto rendimiento) de natación: la EIDE. Ahora solo podremos verlo los fines de semana, pero él está muy contento y creemos que es bueno para su independencia. Ha hecho amigos en la playa: relaciones que, es posible, no vuelva a ver el resto de su vida; pero, sin duda, importantes. Adriana, una chica pelirroja muy atlética, no lo deja un segundo. Se gustan, aunque… da la impresión… ninguno se atreve a lanzarse. Probablemente ya no lo harán más; pero para un adolescente, al menos para Gus, parece suficiente. Luego se quedará suspirando por ella un tiempo y se le pasará, sin duda; pero ahora, parece que no pueden estar uno sin el otro.

En la radio suena The Police: *Message in a Battle*.

Just a castaway, an island lost at sea, oh
Another lonely day, with no one here but me, oh
More loneliness than any man could bear
Rescue me before I fall into despair, oh
I'll send an S.O.S. to the world

Supongo que tiene un significado especial para mí, pero no ahora. Esta tarde Gus me ha traído lo que ha escrito. Insiste en que no está terminado, o al menos que no está seguro de dejarlo ahí, pero quiere que lo lea. –No te rías –me advierte. La dedicatoria es muy simple. *A mi padre, de su hijo*. El relato se titula: *Punto Final*, como la playa donde me encontraron, y sigue así:

Los platos tienen un orden estricto entre los cubiertos sobre el mantel de papel. En tres minutos comienza la cena: arroz con pollo ensopado, muy amarillo y cervezas. Empiezan las vacaciones: un mes merecido y esperado en el que se me permite tomar, para festejarlo, esta bebida alcohólica. Tocan a la puerta.

—*Esa debe ser María Antonieta* —grita mi madre desde la cocina.

Abro la puerta. No es María Antonieta, es Elsa. No es la preferida de mi madre, sino la mía. No puedo evitar mirarle los pechos y soñar con echarme una siesta en ellos. La beso.

—*Hola. A buena hora.*

—*¿Estás solo?* —pregunta. Pienso decirle que sí con las cejas e irnos a la habitación, pero mi madre es más rápida que yo. De todas maneras, tampoco podía salir bien. No podía desaparecer, de repente, así de fácil.

—*No. Estás invitada.*

—*Gracias Malena pero... ya almorcé... vuelvo más tarde.*

—*Bueno hija... si quieres te preparo una limonada y nos acompañas.*

—*Bueno... muchas gracias* —dice mientras me arrastra con el dedo hacia ella. «Al fin mis sueños se hacen realidad», pienso, pero Elsa me disipa el entusiasmo enseguida—. *Mira esto.*

Yo la miro y no puedo evitar sus incipientes pezones y le digo:

—*Me tienes loco* —o quizá lo pienso en voz alta, pero ella me pone un trozo de papel arrugado en la mano—. *Déjate de boberías, lee esto* —me dice.

Inconforme estiro aquella nota y leo en una caligrafía prácticamente ininteligible:

23º 4"2' LN

73º 6"4'LO

Barbaneda

—*¿Estas enseñando a escribir a tus ratones?*

—*¿Es que nunca puedes hablar en serio? Esto lo encontré en mi bolsillo* —dice mientras se toca una nalga.

–Hubiera dado cualquier cosa por haberlo puesto yo pero no... seguro ha sido el gracioso de tu hermano. Él sabe que, en lugar de soñar conmigo, lo haces con marcianos y enanitos verdes que vienen en platillos.

–No pudo ser él. Está en Tarará y éste pantalón lo recogí hoy de la tendedera. Por eso está tan arrugado. No, Joe –mi nombre es Joel, pero Elsa me llama siempre Joe y a mí no me molesta–, no lo tenía. Salí a casa de Dulce María y al llegar lo sentí. Fue como una "videncia".

–¿Clarividencia?

–Créeme Joe.

–Si me das un beso.

Verne, Stevenson y Salgary iban a acabar con Elsa; pero lo cierto es que esa palabra... me sonaba: Barbaneda. Lo busqué en el mapamundi y no era ni capital, ni ciudad importante. ¿De dónde me provenía entonces? Las coordenadas apuntaban al mar así que debía tratarse de un barco. Un día estaba solo en casa. Me dio un apretón y no había papel. Así que me puse a buscar desesperadamente un periódico hasta encontrar uno debajo del colchón, en la cama del abuelo. Mientras defecaba tuve a bien leerlo y resulta que era, nada más y nada menos, de 1926. Casi me matan, no porque lo haya utilizado (me dio repelús limpiarme con un ejemplar tan viejo y sucio), sino por la que estuve a punto de montar buscando otro... ¿revolucionario? que sí corrió peor suerte. Quizá por eso no lo olvidé.

Había una reseña al hundimiento del vapor Valbanera, propiedad de la naviera Pinillos. La última vez que lo vieron fue en la Bahía de Santiago de Cuba (los que no embarcaron... claro). Desapareció con 488 pasajeros y jamás se supo de él. Como si se lo hubiera tragado la tierra... bueno, en este caso, el mar. ¡Qué cosas! Seguramente se trata del mismo buque, pero no voy a estropearle la fiesta a Elsa con detalles intelectuales. Las otras líneas del mensaje son coordenadas geográficas. Saco el mapa y lo extiendo sobre el suelo. El dedo cae justo en el triángulo de las Bermudas. «¡Mira el cabrón a donde fue a parar!». Tengo que avisar a Elsa.

—Querida, por fortuna fueron tus nalgas las elegidas —según salía la frase de mi boca se me antojaba un verso digno del estribillo de un bolero: "fueron tus nalgas las elegidas"; pero eso es imposible.

—Tú siempre tan… graciosito.

—No pienses que no te hice caso —digo y le cuento la película.

Elsa queda boquiabierta; ocasión que no dejo pasar por alto y aprovecho para apretarla contra mí.

—No te conmuevas cariño.

Elsa salta.

—¡Eso lo soñé ayer! ¡Soñé con el barco!

—¡Qué casualidad… más casual!

—Tenemos que hacer algo —me mira y puedo adivinar a qué clase de "algo" se refiere—. ¿Tú crees que podamos ir? Tenemos que ir.

—Estás loca. Eso está pegado a Estados Unidos, al "yuma" y, si ya es difícil salir de aquí a "alguna parte", más aún lo hace el hecho de que esté tan cerca del "norte revuelto y brutal" y no haya tierra firme con una caseta donde revisen un visado que jamás podremos tener.

—¿Nos escapamos? Tenemos que hacerlo.

—¿Irnos del país? ¿Estás loca?

—No Joe, no es "irnos" en el sentido literal de la palabra. Es "ir" y "volver".

—Ya sabes que aquí "salir", que digo salir, "intentar salir", a cualquier parte, es ilegal y, por lo tanto, si fracasas vas preso y si lo consigues, te has "ido", sin retorno, eres un "quedao", un "gusano", una "escoria". "Volver" no es posible.

—Seguro lo entenderán —dice. Yo, la verdad, estoy dispuesto a "irme" con ella al fin del mundo si así quiere. No le doy más vueltas: mucho menos cuando me besa y se aprieta contra mí y abre esos ojos enormes y pone cara de sí, pero no, en fin.

—¿Y si los marcianitos besan mejor que yo y te escabullas?

—Eso no va a pasar… sí puede que otras cosas —Me entran unas cosquillas internas que terminan por producir una erección de las que duelen. De solo imaginarlo estoy a punto de una eyaculación pero no, Elsa es difícil—. Voy a hablar con Abraham. Su padre es teniente coronel del MININT.

—¿Del Ministerio del Interior? ¿Estás loca?

—Si. Vamos —dice.

Abraham no pone pegas. Salir de Cuba con su padre es algo "normal"; como cuando voy con mi padre al trabajo cuando no tengo clases por algo pero en versión: vengo con mis amiguitos.

—Mi padre tiene yates enormes que parecen barcos —o barcos no muy grandes que se quedan en yates. En realidad no son suyos, son del estado; pero como si lo fueran. Puede disponer de ellos cuándo y cómo quiere porque él es el director "político" de una empresa cubana de búsqueda de tesoros: Carisub. De hecho no era la primera vez, aunque otra cosa muy distinta es llevarnos a aquellas coordenadas. Sorprendentemente, todo es mucho más fácil, inimaginable. Salen de "misión" (así es como le llaman cuando van de exploración submarina de tesoros) con su equipo muy "cerca de esa zona" y hay sitio para todos. Incluso, para colmo, el padre "jerarca" de Abraham va casa por casa de cada uno de "los amiguitos de su hijo" para obtener el permiso de nuestros padres y nos promete recogernos en su LADA. ¡Qué viejo! ¡Qué vacilón! Así dan ganas de darte en adopción (aunque yo no me puedo quejar del mío). Yo, en un súper yate contemplando los instrumentos marítimos y a Elsa dorándose al sol, en cubierta, con su tanguita "hilo dental". «No, mejor la trusa amarilla, teniendo en cuenta que no estaré solo. Claro, que no, si seguro llevará a la sapa de Gilda». Eso pienso mientras me preparo mentalmente para este campismo en altamar. Lo que no imagino es que se incorporará un obstáculo más: Guillermo.

Guillermo; perdón: William, o Willy; realmente, no es mala gente. Es simplemente un "abelardito" sabelotodo que pasa todo el tiempo estudiando (mañana, tarde y noche: literalmente) dejándonos en mal lugar al resto de los mortales de su edad. Es un pasmado. Lo más cercano a una relación amorosa que se le conoce es un pequeño robot muy feo que le trajo su padre de Bulgaria y, la verdad, nada masculino. Es un tipo raro y quizá, por eso, un poco especialito para algunos; no para mí, desde luego.

"Abelardito Williams" (la ese del final es cosa de Les Luthiers) es el más inteligente, el más serio, el más responsable, ¿el único con personalidad? de la especie adolescente cubana. Eso habría que verlo, no tan rápido. A veces me pregunto si Abelardito Williams alguna vez se ha masturbado. Pero no soy capaz de visualizarlo. Si tuviera que rellenar una planilla donde ponga sexo, seguramente lo más acertado para él sería: ninguno. Para colmo de envidias, incluida la mía, pese a que me ruborice reconocerlo, Abelardito Williams escribe tibios poemas pero, realmente muy buenos, cuentos de ficción y esa es la razón por la que Elsa lo adora y me pone rabiosamente celoso. Al principio contaba sus historias como si fueran películas que hubiese visto: vídeos que traía su padre del extranjero; pero a Elsa le confesó que, en realidad, eran historietas que inventaba sobre la marcha y esta por poco se derrite y me lo contó y, aunque no le hubiera dado ninguna publicidad, se lo contó a Gilda y a muchas otras y la noticia corrió como la pólvora. Lo cierto es que, en su presencia, todos esperábamos la "tanda del domingo" particular de Abelardito Williams: bicho raro donde los haya que uno termina cogiéndole cariño, admiración, con ganas de protegerlo de las inclemencias juveniles al estar, completamente seguro, que no ofrece peligro para mi relación con Elsa. Definitivamente no es mi competencia.

Sin embargo, por mucho que quisiera ayudarlo, verle tan "pasmado" me molestaba. Una vez que le convencí para salir y le busqué compañía. ¿Qué habrá hecho, o qué no, que jamás la chiquita me ha vuelto a dirigir la palabra? Según un conocido de su "pareja" de ocasión pasó toda la noche contándole cómo funcionaban los programas de Tobi, su "robotito de voz de pito". Pero es tan absurdo que no me convence; vaya sapo.

Allí estamos todos; menuda concurrencia para un buen día de playa. Elsa con su tanguita (no la hilo dental sino otra un poco más recatada que no conocía). Gilda, la sapa, o mejor dicho, la langosta, porque está buenísima… pero la cara… la cara es un error, una abominación de la naturaleza, virulenta, exagerada. Me la imagino con una bolsa en la cabeza y me excito de 0 a 100, pero ella no me traga; nos une una especie de antipatía mutua.

Abraham, "el moro", es bastante descafeinado aunque su padre sí que es un moro legítimo. Muy buen socio, a veces aburrido, de poca labia. Jorge, de quien no he hablado porque Gilda lo ha traído en una especie de decisión unipersonal, es un atlético del surfing y el único tipo que conozco con tabla (como su padre también puede…); no alardea de sus privilegios pero jode su posición de ventaja ante las niñas. Y el desdichado de Willy: Abelardito Williams y su diminuto androide.

–¡Eh William, dile a Elsa que te preste su tanga para tu androide! –dice el Yoyo (Jorge) cuya insolencia no tiene límites. La cara de Elsa lo dice todo, así es de expresiva.

–Mejor te presto la mía –digo y Elsa ríe y siento un alivio ¿en los dedos? Elsa está puesta para mí, pero se hace la dura. Me le he declarado tantas veces que ya doy por hecho que solo debo esperar por su respuesta, que llegará; antes o después… llegará. Solo tengo que convencerla… que sí, que le doy importancia a las cosas, fundamentalmente a ella y eso… eso es cuestión de tiempo. Mientras… no se echa novio y anda conmigo a todas horas; lo que viene a ser más o menos lo mismo, con la excepción de… la parte carnal, donde no hay nada de nada. Elsa sueña con novelas de Corín Tellado y yo que me revuelco con ella como un cerdo salvaje o una foca en la arena… Ahora me mira y sonríe. Dentro de poco es mía.

–¿Falta alguien? –pregunta Gilda con su vocecita de ángel arrepentido.

–No, ya estamos todos… hasta Tobi.

Tobi está en la arena calentando sus latas. Me da la impresión de que a veces se hace el muerto, con esa bocaza que le da la vuelta, pero no soy muy entendido en robótica. Para mí esto es aún ciencia ficción.

–Abraham… tu viejo es la candela.

–Sí. El todavía no conoce la palabra "No". Prometió traernos y… aquí estamos.

–Error. Estamos en Cayo Levisa –dice Tobi (sí, el robot) y tiene razón. No estamos donde, la mayoría, cree. El padre de Abraham tiene que saber, como yo, que no existe tal barco, que se trata de un error, pero no quiere aguarnos la fiesta. En 1919 el trasatlántico español *Valbanera*, que transportaba emigrantes entre España y Nueva Orleáns, se hundió en Costa de Florida, entre Santiago de Cuba y La Habana; probablemente a causa de un huracán. Sus restos yacen solo a seis metros bajo el mar en las arenas movedizas de Cayo Hueso, pero eso es lo de menos. En realidad ni siquiera hemos llegado a aguas internacionales pero qué mas da *Valbanera* que Barbaneda, Cayo Levisa que Barbados.

–¿Qué pasa chatarra, es que nunca te han sacado de campismo? Relájate anda.

Todos estamos acostados sobre la arena, esto debería llamarse "playismo", y el sol molesta en la cara. Me siento. Somos los únicos habitantes de la playa. O la gente no viene tan temprano o simplemente… no hay gente. En realidad, se parece a cualquier playa de Cuba; pero esto no es Cuba. En esta otra parte del "caimán", aspiro una bocanada del olor del mar que ninguna manada incongruente de cientos de "camaleones" convertirá en bullicio y confusión.

Es la libertad. Miro el horizonte tranquilo… en paz. Desde hace siglos (es un decir) no se mueve. ¿La frontera de no sé qué? El límite entre lo conocido y lo desconocido. El confín entre la realidad y la fantasía.

Algo comienza a andar mal. El sol molesta burlándose de mis gafas. Casi no puedo ver. Un chirrido me sacude la cabeza. Elsa aprieta su cabeza a mi pierna; si fuera en otras circunstancias… El cielo se ha puesto rosáceo y el agua blanca como nata de leche. ¿Qué coño es esto? El chirrido nos hace cerrar los ojos. Completo silencio. No me atrevo a abrirlos. Siento el llanto de Gilda. Levanto a Elsa por el brazo.

–¿Qué pasa Joe?

Miro a mi alrededor. La playa no es la misma. Las casas rojas no están, los pinos tampoco.

—¡Increíble! —bosteza Abraham.

—¡Eh Tobi! ¿Y Willy?

Tobi gira su cabeza a la redonda.

—No está.

—¿Dónde está?

Solo una pequeña rotación que parece decir —Ni idea. —Estamos "embarca'os".

Gilda no para de llorar. Su llanto no resuelve nada; pero no lo entiende y complica las cosas. Estamos "cagados", ya lo sé; hay que sobreponerse. Todos comentan lo de aquella luz. Según Jorge, el cielo no se puso rosado, sino naranja. Para Abraham era rosicler y el agua no blanca, sino plateada. Elsa no puede hablar.

—¿Lo soñaste? —pregunto.

Asiente. Ahora sí que estamos jodidos.

—¿Y cuándo vas a soñar conmigo? —le digo y, a juzgar por su reacción reflexiono: lo que se dice: el don de la oportunidad, no nació conmigo.

—Hay que buscar a Willy.

—Déjamelo a mí —es una oportunidad única para dar un paso adelante con Elsa—. Pero no se separen... manténganse juntos.

He recorrido al menos diez kilómetros de arena y en toda esa distancia no he visto otra cosa que... arena, cielo y mar. El cielo está raro. Tengo la impresión de que el sol no se mueve de sitio, pero aún peor y más inquietante es la duda de si es realmente se trata del sol. Está raro. No tengo sombra. El sudor y la sed cuentan cada kilómetro. No puedo más. Me arrodillo en la arena. En el agua veo algo, o al menos eso parece, que se mueve. Son los extremos de unas algas; casi salen a la superficie. Corro hacia allí. Siento que me dejo los pies en la arena. Se hace la noche.

–¡Joel despierta! ¡Despierta por tu madre! –es Elsa, así que disfruto un segundo más antes de entreabrir un ojo y comprobar su desesperación. Lo cierro inmediatamente, pero Gilda lo nota.

–¡Está vivo! ¡Movió el ojo!

Me quedo tieso y Elsa, con sus pechitos sobre mí, implora que despierte.

–Por favor, te lo suplico –puedo escucharla pero la tentación… la tentación es grande. Finalmente recibo una buena "galleta" en toda la cara. Me incorporo. Elsa se aparta y llora sin consuelo.

–¡Es que no te puedes tomar nada en serio!

–¿Qué pasa?

–¡Que no regresaste cabrón! Eso es lo que pasa… y hemos venido a buscarte y tú...

–¿Y Willy?

–No aparece. No tenemos reloj y oscurece –y me pregunto sin que nadie me escuche: «¿Será esto la realidad?». Pero parece que Elsa me escucha.

–Este es el punto final –dice.